此曲只應地獄有——
Novel✎帝柳 Illust✎GUNNI
勾魂筆記本
✎If you choose to forget it,
you would remember it someday.
Listen! It's the stroke of 02:00.

✎柳阿一

驚悚小説作者，卻是個拖稿大王。對外是風流成性，舉手投足都是自我感覺良好的明星架式，可一旦對上兩位編輯，就變成像小鹿斑比的小媳婦樣，不時被虐的可憐蟲。不知為何失蹤一年，歸來後卻喪失這段時間的所有記憶，身邊還帶著一本名為「勾魂冊」的冊子。

✎神父

巴特菲萊教堂的神父，西方人士。外貌俊美，帶著陰鬱氣質，不論男女都會為之心動。興趣是看蝴蝶蝶翼分離。與修女卑以亞一起，似乎在收集著什麼……

✎殷宇

蚩壬出版社的新進員工，方世傑的助理；在這之前，他曾是刑警中的科學鑑識組一員。他行事低調，講求效率，是平緩柳阿一和方世傑之間衝突的和事佬，但一開口就是一針見血的超強殺傷力。他對於「好兄弟」相關的事情極度有興趣。

邵霓
年約三十出頭的氣質美人，擁有近乎完美的
身段，是近年來實力和人氣兼具的當紅知名
女高音，有「魔魅天使」之稱。然而，在如
此光鮮亮麗的身分背後，卻有段辛酸的過去
以及不為人知的黑暗秘密。
方世傑
柳阿一的責任編輯，蚩壬出版社眾鬼使神差之一。
被柳阿一稱作「阿大」。
是個完美主義者、工作狂，對柳阿一相當嚴厲。他
是無鬼神論者，卻有嚴重的靈異體質。
蔣蔓蔓
美聲天后邵霓的唯一弟子，因為崇拜
邵霓而將自己打扮得很像對方，相當
注重老師的名譽、不容他人汙辱，是
一位十分認真學習聲樂的女性，希望
自己有朝一日能和邵霓一樣踏上舞臺
獨唱演出。

INDEX

楔子

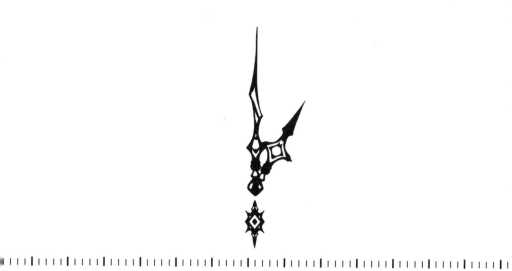

挽著一頭烏黑亮麗的長髮，以及明明擁有一張精緻美麗的臉龐，坐在行進中計程車內的她一直都是側著頭，就像不容旁人分享她動人的容貌。

對於她的嗓音也是。

從坐上車後就沒有開口說話，指示地點的方法是遞上一張紙，要司機照著上頭所寫的地方駛去，乘客與司機間的互動也僅止於此。司機眼中的她，是個從頭到尾不發一語、側著身子望著窗外的女人。

對於見識過各式各樣乘客的司機來說，這還是頭一個會讓他心神不寧的女人，明知這樣會使行車不安全，他仍舊忍不住頻頻偷窺鏡子裡的倩影。

並非是因為這女人的美色，他會如此心不在焉全是她身上散發的神秘氣息，尤其是女人那空洞遙望的眼神，似乎連同她的靈魂都飛到了相當遙遠的地方，此刻留在車內後座上的，不過是一尊沒有停止呼吸的軀殼。

究竟為何會有這樣的念頭，其實連司機本身也不清楚。

就像他也不明白，這名乘客要他載往的地點，對一個看上去穿著如此優雅的女性來說，他不懂對方有什麼非要前往的理由。

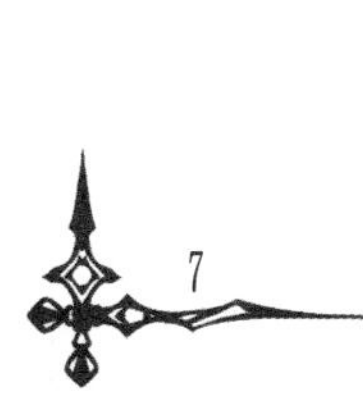

「那個……這位小姐啊。」

好奇心殺死一隻貓，司機順從自己的求知欲開口詢問。

「可以請問妳，到那種地方是打算做什麼嗎？」

老實說，他剛從對方手中接下這筆生意時，有些嚇了一跳，因為就他對這區域的認知，一般人是不會挑在晚上前往，而且還是深夜時分。一個看似柔弱纖細的女人家到這種地方，到底能做什麼？

問題拋出良久，對方依然沒有打破她的沉默，一對漆黑的眼神仍靜止地定格在車窗外，幽黑的眸子彷彿連月光都掃不進。

「嘛……當、當我沒問吧。」

司機轉回頭，沒有握著方向盤的那一手尷尬的搔了搔太陽穴。他想這真是個怪女人啊，不過卻減去不了她一分的優雅，猶若與生俱來怎樣也抹滅不掉。

「滴答。」

「滴滴答答。」

水珠開始打落在透明的車窗上，夜晚的雨總讓人難以察覺，正在駕駛的計程車司機正想說聲「啊，下雨了！」，看看能不能引起後頭乘客一點點的回應，甚至哪怕僅僅是挑動眉頭讓他看見也好。

只是他還沒來得及開口，就見著對方比想像中還要來得明顯的反應，映入後照鏡中的那張側臉，靜靜的滑落一顆淚珠，宛若在呼應這場出其不意的雨。

心裡一時間都沉了下來，像有顆石頭壓在胸口上，他認為天底下沒有哪個男人看見女人哭時會高興，但這種莫名沉痛的感覺是怎麼回事……他決定不再多想下去，連同對於那名乘客的所有疑問。

在無邊夜色與細碎雨聲中，這輛越開越往無人跡之處的計程車，就快抵達乘客所要下車的目的地了。

這時，司機睜大了雙眼。

進到他眼簾內的景象，顯然與他的認知截然不同，他還錯愕的無法回神時，後頭的乘客拍拍他的肩膀一下，這才讓他猛然清醒、趕緊停駛讓她下車。

穿著一身典雅套裝的女人，付了錢後關上車門，踏著鞋跟細如針的高跟鞋一步步往前走去，沒有打傘的她就像是要去參加一場晚宴，步伐緩慢，一點也不介意零星的雨沾濕自

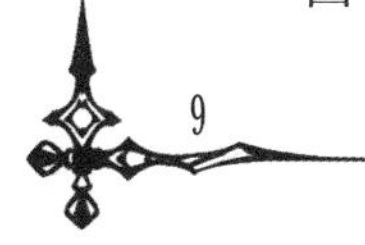

己。

唯有司機一人怔怔的看著她的身影，消失在矗立於眼前的這座白色教堂。

司機撓了撓後腦勺，納悶的自言自語：「奇怪，亂葬崗這邊何時蓋了一間教堂啊……」

I

◈改寫言情小說可以嗎？◈

陽光普照，在喧囂城市裡的某一隅，座落著一間占地不算太大的露天咖啡廳，咖啡香氣四溢，來到這裡的人們大都神采飛揚、悠閒品嘗，唯有一桌的客人呈現完全不同的氛圍。

「唉呦……因為你們把正妹都趕跑了啦！」

一身藍色與白色相間的條紋襯衫，搭配包裏腿型的卡其色休閒褲，腳踩一雙T牌工程靴的柳阿一，滿臉無奈的嘆了一口氣，一手拄著深深皺起的眉頭。為了紓解滿腹的哀怨，他偷偷點開筆記型電腦裡的一個資料夾，偷看著清涼無比的女星寫真集。

「你在說什麼呢，柳先生。」

開口說話的男人——殷宇，有著一對宛若狐狸勾魅卻精明的雙眸，身穿正式的西裝襯衫和灰色長褲，雖不是什麼動輒上萬的精品，穿在他身上卻一點也不遜色。

坐在柳阿一對面的他，推了推眼鏡，冷不防將對方的筆電轉過來，趁柳阿一還來不及反應時就將螢幕上的視窗關掉。

「在方編輯面前不好好趕稿還看什麼女人，不顧慮一下自己的身家安危嗎？」

當著柳阿一的面，殷宇毫不留情刪除了柳阿一最後的心靈綠洲，同時不忘奉上最赤裸

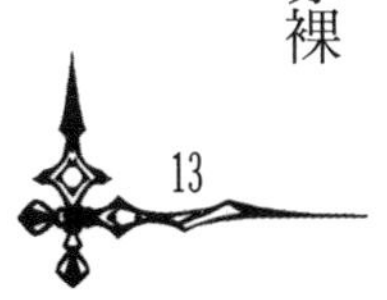

裸的威脅，使得柳阿一當場露出「靈魂出竅、此人已死」的眼神。

「敢在我的眼下看寫真集……膽子不小啊？是懷念起枉死城的滋味了嗎？哈啊？」

永遠是梳得整整齊齊、露出額頭的精英上班族髮型，卻搭配一張無時無刻都凶神惡煞表情的方世傑，面對柳阿一這位麻煩人物時，他一如既往的搬出當家本領，也就是送你進地獄的必殺鐵拳準備重出江湖。

「不、不了，我怎會懷念呢？天天都去一次以上的我已是老主顧了！」

柳阿一誠惶誠恐的嚥了一口口水，猛搖頭。

他明明想要的是軟綿綿的酥胸天堂，為什麼難得美好的假日卻要和這兩個鬼使神差度過呢？

這一切，都得怪他為何會是人稱吃人（蚩壬）出版社的旗下作家。

現年二十幾出頭的柳阿一，作為一名曾經暢銷、紅極一時的驚悚小說作家，在這間出版社裡不知賠上多少青春歲月，來自編輯的職業傷害讓保險公司都視他為拒絕往來戶，出入枉死城就跟拿卡刷大樓門禁一樣頻繁，這種地獄般的生活讓柳阿一一度想徹底消失在這世上。

想不到上蒼顯靈，他柳阿一據說就此人間蒸發了整整一年——沒錯，就是被納入失蹤人口名單中，卻在一年後莫名其妙的再度重回這座人間煉獄。

只是回來後，他第一個得面對的問題就是——

「柳阿一，你欠我的稿子有如山一樣高、海一樣深，寫不出來就給我血債血還吧。」

「……我把您的金玉良言一字一句都聽進去了，阿大。」

超級俗辣的柳阿一為保性命安危，他只好以最卑躬屈膝的態度接受了，因為全世界什麼人都可以質疑，就只有方世傑的話不能懷疑。

要是他沒把稿債還完真的會出人命啊！

這個時候他就會懊悔的想，為何自己要搞失蹤一年呢？

搞失蹤回來只有更加地獄沒有其他，他到底為什麼會像神隱少女一樣徹頭徹尾連個屁都沒有放就消失？

「話說回來，你到現在還沒想起自己失蹤的原因嗎？」

殷宇拿起服務生送來的熱紅茶喝了一口，隔著從茶杯中冒出的蒸蒸熱氣看著柳阿一，在他眼底的一代風流男正滿臉苦惱，抓著兩頰的手看起來只差沒把自己臉皮扯下。

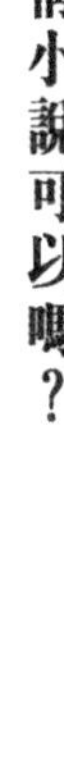

「我要是知道就好了，搞不好就有正當的理由讓阿大明白，我不是故意拖稿搞失蹤，他到現在還在懷疑我的人格啊！」

「哼，交稿前夕給我弄一哭二鬧三上吊的人，有人格可言嗎？」

方世傑冷哼一聲，重重將手中的咖啡杯放到桌面上，杯中的黑色液體掀起了波瀾，就快溢了出來。

「這、這是求生的本能！阿大你不能相提並論！而且阿大～難道你真的一點也不相信我嗎？我說不定是遇上什麼很可怕的事，才會消失這麼久啊！」

柳阿一邊用拋棄男人尊嚴的哭腔哀求著，邊從他的波特包中取出一本青色書皮的簿子，當他拿出來的瞬間，對面的殷宇立即知道那東西究竟為何。

「我說真的，阿大，失蹤歸來後我什麼都記不得了……唯一讓我覺得和自己失蹤有關聯的，就是這本冊子。」

柳阿一將封面標明「勾魂冊」三字的本子攤放在桌上，就在那一刻，原本直直灑落在他們身上的陽光，忽然間像是縮了回去，似乎僅僅他們那一桌不在太陽照射的範圍內，連帶著氣溫也偏冷許多，本來四周無風吹拂，此時卻多了一股莫名陰涼。

「柳阿一，是不是你討人厭到連陽光都不想照你了？」

「哈啊？阿大好過分！居然對我這少女的大眾情人這麼說！不、不對，阿大你到底有沒有聽進我剛才說的話啊？」

柳阿一再度被自己的責任編輯炮轟得一文不值。

「哼，誰會信你的話？明明想拖稿鬧失蹤還把理由都推給一本破冊子，你以為我是誰？我會信才有鬼。」

「方編輯，這世上真的有鬼。」殷宇稍微低下頭來、兩指抵在眼鏡的鼻橋上，反射光芒的鏡片之下，那雙冰冷的雙眼正盯著勾魂冊看。

「只是可以不用相信某個人。」

「喂喂，原來我比鬼還不值得信任啊……？」

柳阿一的心靈再次受到重傷，自從來了個助理編輯殷宇後，他要承受的職業傷害也翻倍了呀。

不過，就像方世傑一樣，他柳阿一在尚未經歷某件事之前，大概也同樣屬於鐵齒不信邪的一群。然而，改變他這種看法的主因，就是眼前這本名為勾魂冊的綠色書皮筆記本。

「阿大，還記得我不久前交的那份稿子吧？」

「哦，你是說那篇關於見鬼農場的故事？怎麼了？都已經三校出去了，難道你還想修改嗎？」

方世傑挑了一下眉頭，關於柳阿一提及的那部作品他印象很深刻，因為那是拖稿大王失蹤後回來第一份交上的稿子，至於另一個原因，則是他覺得這部小說的情節雖然離奇，卻莫名的具有一種活生生的真實感。

「不，關於那篇故事……」柳阿一看了身旁的殷宇一眼，兩人面有所思的彼此互看，欲言又止。

「到底是怎樣？你們幹嘛不說話？」看柳阿一與殷宇表情怪異，方世傑不耐煩又納悶的皺起眉頭。

「其實是……」

正要把話說出，柳阿一頓覺自己在桌面下的腳被狠狠的踩了一下，凶手正是對面一臉面無表情的殷宇。

「幹什麼踩我啦！」柳阿一痛得用嘴型與殷宇溝通。

「遠山農場的事用不著跟方編輯說，你知道他的個性。」

殷宇則快速的傳了一封簡訊過去，讓手機擺在桌上的柳阿一第一時間就收到了訊息。

其實他們倆都心知肚明，柳阿一交上去的那篇故事正是真人真事，絕非杜撰，兩人在遠山農場發生過的種種，至今除了寫在柳阿一的稿子裡以外，也記錄在那本被方世傑認為是騙小孩的勾魂冊中。

無論過多久都會記得，當時眼睜睜看著巨大的蜘蛛反芻出一具冰冷屍體，裹滿黏稠泛黃的液體、死相淒慘的男人，成了母蜘蛛求愛的禮物……

至今想起來仍歷歷在目，畫面鮮明得讓柳阿一都感到恐怖、打起哆嗦，不過相較之下有人就顯得異常冷靜，便是方才踩了他一腳的男人殷宇。而兩人無聲的交談，讓在旁的方世傑看得是一頭霧水。

方世傑正想問個所以然，身為他助理的殷宇搶在前頭說話：「柳先生，關於你的下一部作品，打算何時呈交上來呢？」

「這個嘛，我想改寫纏綿悱惻的言情小說可以嗎？」

「柳阿一，你想找死是嗎？」

方世傑立刻對著柳阿一射出充滿殺氣的目光。

「我、我是認真的阿大！作家最需要愛情的滋潤，而我現在正處於戀愛的狀態中，寫言情小說再適合不過了啊！」

柳阿一的身體雖是反射性的向後躲去，不過他還是對自己提出的想法據理力爭。

「戀愛狀態？你這臭小子什麼時候給我談起戀愛了！有時間搞女人不如給我去寫稿！」

方世傑氣得怒火攻心，額冒青筋，懷著「你不給我寫稿我也不讓你活了」的心態，打算在大庭廣眾下掐死柳阿一時，身旁的助理編輯按住了他的手。

「方編輯，這種狀況交給我處理就好。」

話音一落，也沒給方世傑回應的時間，殷宇從椅子上站起了身，繞過桌子走到柳阿一的面前。

還不清楚狀況的柳阿一愣愣的看著殷宇走近自己，對方充滿壓迫性的氣勢和身高，讓他顫抖著嚥下一口口水，直到見著殷宇拿起桌上的一杯水。

「嘩……」

往柳阿一的頭上狠狠的澆了下去。

「你、你這是在幹什麼啊混帳殷宇……！」

柳阿一話還來不及罵完，下巴就冷不防被殷宇用力撐住、抬起。

「有了我還去找外面的女人，真是好大的膽子呢。」

「哈啊？」

等等，他柳阿一是不是聽到了什麼見鬼的宣言？

「那女人有我好嗎？經過我的調教之後，你早就不能沒有我了，任何女人都滿足不了你不是嗎？還是說你現在就要讓我當場再試一次？嗯？」

殷宇一手推了推反射出精光的眼鏡，嘴角一邊冷冷揚起，臉上的神情讓柳阿一看了不寒而慄。

同一時間，周圍的客人都紛紛朝他們這邊投以異樣目光，窸窸窣窣的交換耳語。

「殷、殷宇你這傢伙到底在……！」

「別再讓我聽到你提起別的女人，知道嗎？」

這次殷宇是直接用拇指和食指扣住柳阿一的雙唇，旁人看了以為這是充滿愛意與挑

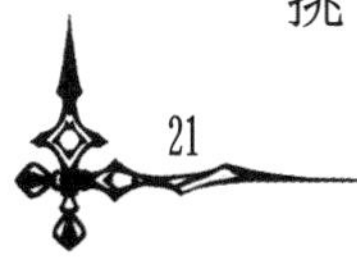

逗，實際上柳阿一則是被狠狠掐住痛得快飆出眼淚，不管殷宇到底在說些什麼他都只能點頭求饒。

「很好。」殷宇鬆開了手，神色自若的像是什麼也沒發生過，慢步走回自己原本的座位上。「方編輯，如此一來柳先生短時間內都跟女人絕緣，可以心無旁騖寫稿了。」

殷宇一派從容的坐了下來、兩手拍了拍，好像在說「處理完畢」，一旁的方世傑則目瞪口呆的看著他；至於受害者柳阿一，則忙著向服務生借毛巾來擦頭、邊喃喃自語咒罵著殷宇。

魔鬼啊，這傢伙絕對是牛頭馬面等級以上，他柳阿一何其三生不幸遇上這種人當他的助理編輯！

不過，身為愛的信徒（自稱），他怎能屈服在這種人手下？

戰鬥吧柳阿一！

「反正我是寫定言情小說了啦！不管你們怎麼反對，開頭都已經寫好了！」

頂著毛巾的柳阿一將筆電拿了回來、點開檔案，叫出他這陣子以來的愛情結晶，一篇目測大約三千多字的文件檔案。

「看，這就是我的決心，男女主角還是以我和現任女友作為雛型的小說。」

將螢幕上的檔案內容亮給兩位編輯看，柳阿一雙手環胸，一副「你奈我何」的表情。

「三千字……柳阿一這個拖稿大王，居然在沒有人催稿下寫了三千字……」不得不說這太出乎他的意外了，從方才就睜大雙眼到現在的方世傑，繼續目瞪口呆。

「還真是言情小說典型的開頭……不過，才三千字而已，還是可以扭轉成驚悚小說，等等男主角就讓他死吧。」殷宇點點頭說道。

「喂喂，不要擅自扭曲別人寫的故事好嗎！還有為什麼非得是男主角死！你是針對我吧？針對我對吧！」

如果可以，柳阿一真想現在馬上賞對面的殷宇一拳，只是他的死對頭完全不看自己一眼，像是無視他存在似的擅自拿起勾魂冊，隨手翻開。

看了一會，殷宇的臉色一沉，鏡片下的目光從冊子內頁移到柳阿一身上，蹙起眉頭問道：「柳先生，關於你的現任女友……你了解她多少？」

停頓了好一會，擁有一張冷峻容貌的殷宇若有所思，他這突如其來的提問和臉色，讓被詢問的柳阿一納悶的看著他。

「如果可以，盡可能鉅細靡遺的告訴我……」

殷宇深深的吸了一口氣，視線再度回到翻開的勾魂冊中。

「因為你和她的故事，很可能已經變了調。」

Ⅱ

魔鬼鶯啼

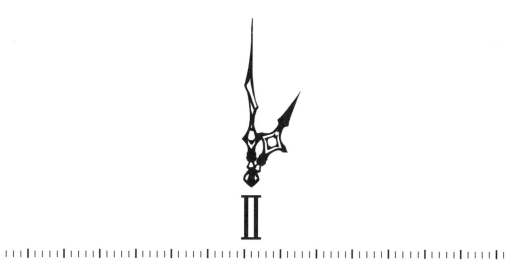

這個國家的季節進入了陰雨綿綿期。

窗外望去是下了一整天的雨的濕漉漉街道，窗內房間裡也到處是潮濕的氣味，柳阿一翻尋著過期的報紙，試著想在這些舊報紙中找到自己失落的那段回憶。自從失蹤回來以後，他就一直在找尋自己的過去，哪怕只有一點點的可能，他也絕不遺漏。

這些全是向鄰居要來的舊報紙，他一張張的查看，泛黃的紙面因為天氣的關係開始發霉，使得有些局部的字看不清楚了，這讓柳阿一非常苦惱，心想也許應該再去找找別份報紙來看。

對於自己失去記憶的那一段日子，不知為何總感到特別的恐慌，但柳阿一沒有將這份心情向任何人提起，他不喜歡在別人面前透露自己的脆弱。

這間被主人遺忘許久的房間漸漸被柳阿一整理起來，原先滿布灰塵的家具變得煥然一新，有些看似不起眼的小物品也重新被他發現。

比如一個被他鎖在置物櫃裡，一個任誰都不覺得漂亮的木造盒子。

柳阿一看著這個木盒許久，以他現在的想法，不認為自己會沒事將這種不符合他審美眼光的事物，如此有條理又小心翼翼的鎖在櫃子中。

所以他有個念頭，或許對當時失蹤前的他來說，那是個很重要的東西也說不定。他想打開看看，卻發現怎樣也無法如願，盒身緊緊的密合，像是強硬的守著某種不能告人的秘密。

柳阿一搖了搖木盒，乍聽之下似乎什麼聲音也沒有，使他開始懷疑在這盒子裡，真的有所謂重要的訊息嗎？

想了許久卻沒有個底，直到門鈴響起，柳阿一才將浪費他許多寶貴時間的盒子放下，前去應門。

「天靈靈、地靈靈，各路妖魔鬼怪別顯靈，方世傑惡鬼退散！」

轉開門把前的柳阿一先對著門下了番工夫，這是他最近應門前都要做的必備驅鬼儀式，根據本人毫無理論基礎的說法，這似乎能保佑他打開門的瞬間不會看到催稿鬼差。

懷著緊張的心情，柳阿一硬著頭皮打開門了。

「柳先生您好，我是來收取您訂閱的報紙費用。」

門一開，陌生的臉孔出現在柳阿一眼前，他頓時鬆了一口氣：好險好險，看來驅鬼儀式多少有用。

為了避免未來再遇上神隱這檔事，柳阿一學聰明了，他先替自己訂了多家報紙，至少要是再碰上時，回家以後才能從這些報紙中尋找到蛛絲馬跡，就當作是為自己買了點平安保險。

「一共是一千三百元整，感謝柳先生的訂閱。那麼，這是此次訂閱報紙的贈禮，請收下。」

對方確定繳上的金額無誤後，便笑笑的拿出一張紙來，柳阿一低頭一看，發現是張看似為票券的物品。

「這是什麼？鋼管秀的入場券嗎？」

「如果是鋼管秀的入場券，我就自己留著了。這是音樂會的入場券。」

對方面無表情的將贈品遞上，是一張以高貴典雅的深紫色為基底的入場票。

「世界級的饗宴，天籟女高音邵霓獨唱音樂會……？」

柳阿一照著上頭的文字唸了一遍。這時，收取報費的男人向他告辭，於是將家門關上後，柳阿一坐回自己的書桌椅上。

「切，什麼音樂會，那種場合才不是我會去的地方……嗯？等等，邵霓這名字好像在哪看過……」

柳阿一像是突然想起什麼，回過頭去翻找攤在桌上的報紙，認真一看。

「哎呀！就是這個！天籟美聲加上天使面孔的美女音樂家邵霓！哈哈哈，這下我有興趣了！」

要是有旁人在場，絕對會以為柳阿一是自言自語的瘋子，這個時候的他一臉喜出望外，像是發現了什麼大秘寶一樣。

他拿筆記下音樂會的時間，將MEMO與票券張貼在最顯眼的地方，提醒著自己千千萬萬不能忘記，就算碰上截稿死線也要活著去聽這場音樂會。於是沉浸在歡樂之中的柳阿一，顯然完全忘了——

被他放到角落的那個不顯眼的小盒子。

△▽　△▽　△▽　△▽　△▽

天空正下著不知已連續幾天的雨，即便是到了對柳阿一來說如此重要的日子，抬起頭來仍會見著烏雲蓋過了月牙、雨絲根根飄零落地，讓柳阿一不得不做出自己相當討厭的行為——

打傘。

自己究竟為何會不喜歡這個動作，柳阿一一時間也說不出個所以然，但他總覺得自己並非打從一開始就厭惡，似乎是在失蹤回來後才變得不喜歡撐傘，特別是看到別人隻身撐傘的畫面……好像會讓他想起什麼打從心底感到刺眼的東西，那瞬間有道模糊的影像自腦海內一閃而過。

影像閃過的剎那猶如有電流竄過，柳阿一不禁莫名的打了個冷顫，反射性的用另一隻手環住胸膛，他不清楚那是什麼，似乎是一團黑影？又像某種人物剪影？而其中又有一種刺眼的光芒，雖然轉瞬即逝，但他還是注意到了……

那些對他來說，具備了何種含意嗎？

柳阿一想繼續深究下去時，前方傳來一道聲音，打斷了他的思緒。

「請出示您的入場券，謝謝。」

驗票人員禮貌的對柳阿一微微欠身詢問，柳阿一這才清醒過來，趕緊將口袋裡的票券

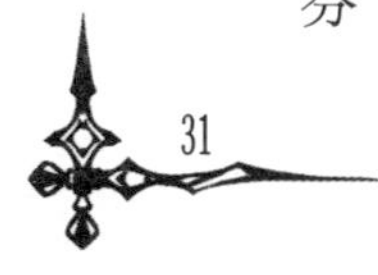

遞給對方。

待驗票人員確認無誤，在外頭排隊的柳阿一收起了傘，今晚一身標準紳士西裝打扮的他走入會場，在略微昏暗的環境下尋找自己的座位。他一邊走著，一邊不時環顧四周，心裡讚嘆著這裡真不愧是新落成的音樂廳，硬體設備相當良善完好，空間也十分寬敞、設計典雅。

據說這座音樂廳只願意出租給炙手可熱、名氣與實力均具有一定程度的音樂家，因此對許多從事表演藝術的人來說，站上這裡的舞臺無非就是一種肯定，更是他們擠破頭都想達成的夢想。

「實力與美貌兼具的女高音邵霓啊……今晚，就期待妳是否能震撼我的聽覺與視覺了。」

入座後的柳阿一，嘴角微揚，周遭的燈光隨著演出時間接近，也漸漸更加暗淡下來，最後所有的光線都只集中在舞臺上。

女主角登臺前夕，柳阿一與全場觀眾屏息以待，明明裝滿人群的偌大空間內卻鴉雀無聲，安靜到幾乎可以聽見一根針掉在地上的聲響。

「喀答喀答。」

舞臺旁傳來響亮清脆的高跟鞋踏著地面的聲音，一雙豔紅色漆皮亮面高跟鞋率先抓住柳阿一的目光，緊接是一雙白皙纖細長腿，再往上看去是曲線畢露的蛇形腰身、豐滿而挺立的胸，以及在布料遮蔽下若隱若現的雪白香肩，誘人的頸項則戴著一條黑色鑲鑽項鍊。

最後，是一張讓幾乎所有人都無法移開目光的容貌。

美麗、高雅，深邃立體的五官，一對深深的黑色眸子宛若黑耀石般閃爍動人，朱紅的雙唇襯著透亮凝肌，一頭彷彿自然微捲的波浪黑色長髮側挽在左肩上，露出右頸漂亮的線條。當她轉過身來向所有觀眾致意、微微一笑時，柳阿一知道——

自己一見鍾情了！

也許是待在天天趕稿的枉死城裡太久，他從沒有為一個女人如此怦然心動過，他心想這下真是來對了，就算之後會被阿大抓回陰間寫稿，也死不足惜了。

今晚的主角一登臺，馬上獲得如雷的歡迎掌聲。如浪喧譁的掌聲退潮後，臺上的女主角站定位置，在聚光燈照耀下，朱脣張開。

驚豔的音色、娉婷婉轉的唱腔，在開口歌唱的剎那便擄獲、震動了所有聽眾的心靈。

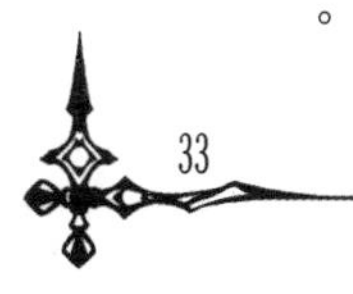

包括柳阿一在內。鮮少進出這種音樂廳場合的他，竟也徹徹底底被對方這種曼妙的歌聲攫住了心。

那歌聲時而高亢如山巔，時而低沉如陰谷，又能轉瞬變成婉轉的鶯啼。若要柳阿一形容的話，就像是被施了魔法的嗓音，但卻不是來自於天使——

而是魔鬼才能做到的，蠱惑所有人心的聲音！

不知怎麼的，他就是如此認為，特別是當邵霓唱到最高音的地方時，那種高得毫無破綻、就快衝破天際的尖音，著實讓他渾身戰慄、毛骨悚然，彷彿再聽下去，自己的性命就要被這聲音勾走。

心臟莫名的加快跳動、力道加重，這不禁讓他想起一首曾聽過的小提琴曲目，名為「魔鬼的顫音」的樂曲……

而邵霓的歌聲，對他來說猶如人聲版本。

看著旁邊聽眾們痴迷的眼神、投入的神情，柳阿一心想大概是自己不是那麼熱衷古典音樂，況且本來他來聽這場演唱會也是醉翁之意不在酒，因此那些聽眾的表情，在他看來就有種莫名的……

說不上來的詭譎。

除了他以外，不管男女老少，只要待在這音樂廳內、聽進了臺上邵霓的歌聲，痴望前方的雙眸裡都看不見其他的光采，個個目光呆滯、表情鬆垮，微張的嘴就像忘了闔上一般，猶如一群已然忘我的信徒，一心一意虔誠瞻仰著他們的女神。

不知道什麼時候開始，廳內的冷氣似乎變強了，就連身為一個大男人的柳阿一，都忍不住想要環住手臂取暖。

隨著時間的流逝，邵霓的歌聲讓他越來越坐立難安，可他周圍的人們還是一個個如痴如醉……不，幾乎像是畫面定格一樣，聽眾們僵著身體完全不動，好比雕像坐定似的聽著歌聲。

柳阿一忽然有了一種自己與他人處在截然不同世界的感受。

音樂廳內彷彿唯獨他清醒著、思考著，沒有被臺上那璀璨亮麗的女人歌聲攝走靈魂，而在他眼中的其他人，則面目變得越來越模糊可憎，昏暗的環境更讓他們添了一股森然。

不知從何時起，柳阿一就無法專注在聆聽歌曲上。

即使臺上的邵霓依舊美豔動人，但柳阿一就是說不出個所以然來，他越來越無法再坐在這個空間內，與這群人聽著這一首首華美淒愴的哀歌。

就連呼吸都好似越來越困難，是冷氣太強的關係嗎？

為何連空氣都變得冰冷又稀薄？

他想要中途離場，打算出去透一口氣，可是顧及禮貌他又無法這麼做，只能不斷的深呼吸，一再反覆告訴自己這都是心理因素，溫度變冷不過是自己坐久了，是自己不夠有音樂涵養才無法專心投入。

柳阿一只能不停的瞄著自己的手錶，等待、等待，還是煎熬的等待，他急切的希望時間能夠加快流逝。

終於到了最後一首曲目。

在邵霓以最尖銳、突然往上一個拉拔的高音作為收尾後，音樂廳內陷入一片靜默，緊接著，除卻柳阿一以外的在場所有人，全像雨後春筍般一個個站起身，為今晚的演出致上最大的掌聲。

以及那看在柳阿一眼底，恍如著了魔的一張張哭泣的臉孔。

舞臺上的燈光在一片掌聲中漸漸暗下，女主角也在一次次躬身致謝後轉身退去，柳阿一終於等到散場的時刻，只是他發現，那些聽得痴迷的觀眾在離開音樂廳後，每個人的眼中又恢復了光采與神智，和他當時所見著的模樣相去甚大。

……這場音樂會，究竟是怎麼回事？

這是柳阿一心中對這場音樂會唯一的感想。但很快的，這個疑問就被另一樁麻煩事蓋了過去，現在的他，又得面對音樂廳外下個不停的雨。

「啊，真煩！天知道這種雨要下到什麼時候！」

站在大門出口前的柳阿一抬頭抱怨，無論多不願意，他還是得拿出雨傘，離開這間鬧心的音樂廳。

昂貴的鞋子又要弄濕了，柳阿一邊想著，一邊走在人行道上準備攔計乘車。這時，他的目光不經意的掃到一隅，看見了一道說不上熟悉卻印象深刻的人影。

剛結束演唱的女高音邵霓，正站在音樂廳屋簷下的一個角落，形影單薄的抽著菸。視線停留在她身上的時間，一點一滴的拉長了。

「邵霓小姐是在想什麼嗎……」

她看起來很落寞。看著邵霓的柳阿一是如此認為。剛結束一場那麼叫好又叫座的演出，為何會是如此消沉的神情，獨自一人融在冷清的雨夜裡，抽著更加寂寥的菸呢？

柳阿一靜靜的站在匆忙的人群中，側著身子，視線投向與自己稍微有段距離的身影上良久。邵霓冷若冰霜的美麗容顏，和那不知為何讓人感到惆悵的神情，都使得柳阿一久久無法自拔。

雨聲、人車喧囂聲，漸漸遠離了柳阿一的聽覺，現在他所有的注意力都集中在邵霓身上，他的腳跟也像被魔力驅使般，不自覺的走向他一直注視的那個人。

「可以借個打火機嗎？」

柳阿一躲進屋簷下，在這之前他已先收起了傘，使得頭頂和肩膀留下了雨的痕跡。他對著一旁的邵霓這麼問，眼神卻沒有繼續望著她。

「我的打火機剛被雨水弄濕了。」

邵霓同樣沒有回過頭來看柳阿一，甚至絲毫沒移動她的目光，只憑藉著冷冷的口吻回應了對方。

「是嗎？那真可惜，這場雨下得可真不是時候。」

柳阿一雖是惋惜似的搖了搖頭，他還是從口袋裡取出一根香菸，叼著，接著兩指夾住、抽出，做出了乾吐煙的動作。

「妳平時說話的聲音，比起唱歌的時候還要低沉許多呢。」

「讓你失望了嗎？」

邵霓低聲的回話，白色的煙圈從她朱色雙唇中一個個吐出，她的目光還是放在前方遠處。

「沒有哦，這種反差讓我更想探究，表演中的妳，是要付出多大的努力和磨練，才能唱出如此魅惑人心的天籟。」

「那還真是要付出很多……多到再也沒有回頭的餘地。」

邵霓的眼神放得更遠了。

「果然，要唱到把所有聽眾的靈魂都吸走似的，就是要努力到這種地步。說實在的，可能是我沒什麼音樂慧根，第一次來聽妳的演唱，看到周圍的人都為妳而如痴如狂時，我倒覺得有些毛骨悚然呢……啊不，應該要對妳肅然起敬才是，真不愧是首席女高音啊！」

柳阿一撓著後腦勺，訕訕的笑了笑，但他沒想到自己在這時招來了對方的目光。

邵霓終於回過頭來看他，用一種略微意外的眼神。

「怎麼了？難道我臉上有東西？」柳阿一回看邵霓，指著自己的臉頰納悶的問。

邵霓先是一陣沉默，後來又移開了視線，倒抽了一口氣後才緩緩的答：「不……我只是想不到，在這世上還有不被我歌聲征服的人。」

「哎呀？我也想不到原來邵霓小姐是這麼有自信的人呢。真不好意思啊，我就是全世界中那萬中無一的人。」

柳阿一又是笑笑的回應，正想繼續說下去，前方傳來了急切的跑步聲，正連忙踏著路面上的水花而來。

「邵霓老師——」

拉長尾音的呼喊，來自一名氣喘吁吁跑到邵霓面前的女子，她垂著頭、雙手撐在膝蓋上，看來她為了見邵霓一面而花費不少力氣。

喘著大氣的女子抬起身子，她的容貌跳入柳阿一眼簾之中。

柳阿一著實有些吃驚。

「邵霓老師，您怎麼跑到這種地方來呢？人家都快急死了，休息室那邊可是有一堆記者在等著要採訪您啊！」

邊斷斷續續的喘著氣，邊用急到要跳腳的表情，開口閉口都尊稱邵霓為老師的女人，實際上整個人的氣息相貌都像極了邵霓。

柳阿一不禁想，這人難道是邵霓的雙胞胎姐妹嗎？不然怎會如此的相像？

他認真的打量下來，發現就連該名女子的穿著打扮、髮型髮色，都幾乎要與邵霓如出一轍，若不仔細查看，還真的會誤認她就是邵霓。真要說出兩人之間的不同，大概就只有象徵年輕與否的肌膚光滑程度，以及開口說話的嗓音了。

「讓妳代替回答不就行了？反正記者的問題永遠都不出一個範圍。」

邵霓似乎很不以為然。她抽了一口菸，伴隨濃濃煙味的白色圈圈再次吐出，慢慢的飄升到陰雨綿綿的天空。

「這、這怎麼可以呢？他們再怎麼說真正想採訪的人是您……」

說起話來聲音甜美，長相也像是年輕版的邵霓，這名女子話才說到一半，就見邵霓突然將香菸丟到地上、踩了踩。

「真不會看場合呢，蔣蔓蔓。」

邵霓毫無預警的拉起柳阿一的手腕，彼此相交，柳阿一頓時倒抽口氣，轉過頭去一臉意外的看著邵霓。

「我在和情人幽會，難道妳看不出來嗎？」

「咦！」

名叫蔣蔓蔓的女子一愣，同為現場人士之一的柳阿一也怔住，唯有邵霓一派從容的將頭側靠在柳阿一肩膀上。

「不、不會吧，邵霓老師您……！」

「就是這麼回事，蔓蔓。」

邵霓向蔣蔓蔓微微一笑。這還是柳阿一第一次見到邵霓的笑顏，心裡不禁一時怦然亂跳。至於當場接受這突如其來的戀情宣告、僵在原地一臉不敢置信的蔣蔓蔓，只是張大嘴巴，什麼話也說不出來了。

「啊，不然就讓那些記者寫寫我的新戀情好了。」

邵霓仰頭想了一下，接著拉開她與柳阿一之間的距離，「不好意思呢，今天的約會結束了，我得跟著這個笨蛋徒弟去應付那些記者。」

語畢，邵霓鬆開了挽著柳阿一的手，將雙手按在蔣蔓蔓肩膀上、使她反轉過身，接著她再次回頭看向仍不知所措的柳阿一，偷偷的遞上一張名片，並用嘴型向柳阿一傳達——

「聯絡我。」

於是，就在那一刻、那一秒開始，柳阿一覺得自己真真正正陷入了邵霓張開的情網。

△▽　△▽　△▽　△▽　△▽

午後陽光斜斜的灑落在柳阿一身上，他花了一整個早上的時間，坐在這間露天咖啡廳中，被迫向助理編輯殷宇詳細的講述他與邵霓戀情的來龍去脈。

至於本來也在場的主編方世傑，留下一句「我還有別的作者要催稿，沒空聽你在那邊閒扯淡，殷宇你也是給我認真點，你好歹是助理編輯啊！」之後，便一點也不給柳阿一面子，提前離開。

說真的，本來三人聚集在此的初衷——盯著柳阿一寫稿的目標，現在已不知飛到哪個

世界去了……

此時此刻，僅剩下殷宇對著柳阿一擺出凝重的面色，讓看著那張臉的柳阿一心生不祥預感，尤其殷宇的手中還拿著那本勾魂冊……

就算對男人很遲鈍的柳阿一都覺得不對勁了。

「柳阿一。」

「幹、幹什麼?別突然直呼我名字啦。」

柳阿一忽然一陣頭皮發麻，對面的殷宇仍舊面不改色的推了推眼鏡。

「你的勾魂冊也轉行寫起言情小說了。」

「哈啊?」柳阿一以為自己聽錯了。

「看，寫在這裡。」

殷宇將勾魂冊從桌面上拿起，攤開內頁，擺到柳阿一兩顆眼珠子前。以下就是透過柳阿一雙眼所看到的敘述——

戀情的展開，對她來說是幸還是不幸?

沒有人會知道，除了我。

看看啊，以她那姣好的容貌，戴上我所賜予的禮物，到哪都無往不利吧，我美麗又悲傷的黃鶯。

千萬不要停止為我歌唱，切記，我所寵愛的黃鶯……直到這世界每一角落的人都為妳而傾倒，為妳而迷狂。

柳阿一看完這段出現在泛黃書頁上的文字，有好一段時間忘了要呼吸。他腦海裡充斥著不久之前的記憶，當時在遠山農場發生的種種，所有事發源頭都來自這本「會自動書寫」的冊子。

身為作家，還是驚悚小說家的柳阿一，對於文字的敏感力更優於常人，他立刻嗅出這幾行字散發出的危險氣味，更同步聯想到他最不願成真的答案。

「殷宇，你該不會想說……」

欲言又止，接下來的話讓柳阿一難以啟齒，但最後還是勉強自己說了出來：「這段內容所指的『她』……就是邵霓吧？」

話音落下，柳阿一握緊了拳頭，望著殷宇的眼神中帶著複雜糾結，他實際上比誰都希望能聽到對方否定自己的答案，哪怕背著他說謊也好。

殷宇深吸了一口氣，將青綠色書皮的冊子闔上，像是在替柳阿一著想似的，認為再多看下去只會徒增對方的打擊與困擾，可他沒有打算要隱瞞自己的想法。

「也許是邵霓……但也可能是你提及的另一個女人，邵霓的徒弟蔣蔓蔓。猶如黃鶯出谷的嗓音，在你提及的人選中不是只有邵霓一個人。」

殷宇把自己的推測坦誠公布，「我們所能確定的事，就是勾魂冊裡提到的人物都與你──柳阿一息息相關，你的作為很可能會讓接下來的發展有所改變。」

這是歷經遠山農場那次的風波後，殷宇對勾魂冊所做出的理解之一。而坐在他對面的男人只是鎖眉不語。

「但無論如何，勾魂冊上一旦出現了文字敘述……」

身為前刑警的殷宇眉頭一皺，即便柳阿一不是李組長也知道──

案情恐怕並不單純了。

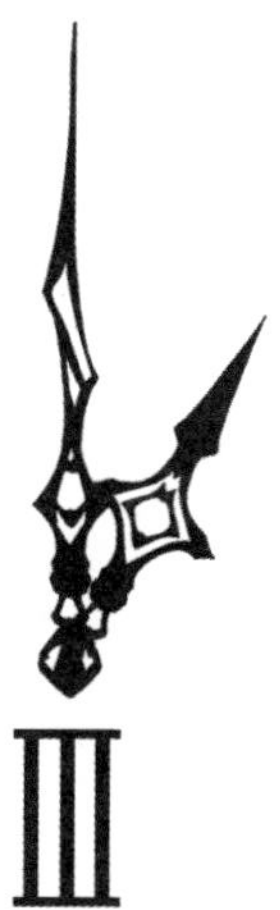

Ⅲ

那個東西

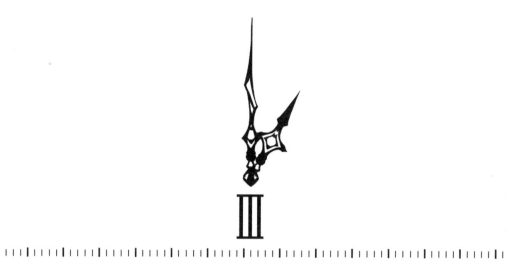

休息室內燈光明亮，不算寬敞的空間內卻擠滿了人，一個個帶著相機、攝影器材又或者手拿筆稿以及錄音筆的記者們，正對著坐在沙發上的邵霓進行訪談。將她帶回休息室的蔣蔓蔓則站在身後，站姿筆挺靜靜旁觀。

「邵霓女士，今天又是您一場完美的演出，許多樂評家都給您冠上『魔魅天使』的稱號，對此您有什麼想回應的？」一名女記者半蹲在地、一手將麥克風遞到邵霓的面前，態度有禮的詢問。

「『魔魅天使』之稱真是不敢當，對我來說，聽眾能喜歡我的歌聲最為重要，我將努力表演、繼續站在臺上為所有喜愛我的人獻唱。」

相當制式化的回答，身為邵霓徒弟的蔣蔓蔓知道，她的老師早在這之前便已針對採訪擬好了稿。

「那麼想請問一下，您在聲樂界出道十周年，期間曾經歷過好一段時間的低潮，甚至有聲帶受損一說，您是如何讓自己自低谷中重新爬起，並且在重新復出時您的歌聲反而更加美妙呢？」另一名男性記者手握紀錄用的筆與紙，蹙起的眉頭中，有著對邵霓這戲劇性轉變的疑問。

「首先我得澄清——」

有那麼一瞬間，邵霓的臉色忽然一沉。雖然轉瞬即逝，但是對她觀察細微的蔣蔓蔓注意到了。

「從來沒有發生過聲帶受損這回事，那段期間只不過是遇上了歌唱的瓶頸，絕非外界所傳言的那般。」

邵霓擺在膝蓋上的雙手微微揪起了衣裙，回答的口吻既鄭重又帶點慍怒，然而長年待在邵霓身旁學習的蔣蔓蔓也清楚——

她的老師正公然說謊。

「至於我是如何度過這個難關，突破障礙，全是靠著自己努力不懈的付出學習，終於將自己的唱腔和技巧提升到另一種全新境界，也就有了今日的表現。」

邵霓深深的吸了一口氣。

「我不想服輸，我堅信這個舞臺還有我能夠立足的地方，所以我不惜一切的付出……那是你們都無法想像的過程。」

將深吸的氣緩緩吐出後，邵霓眼簾低垂，纖長的睫扇半掩一對深邃雙眸，語重心長的吐露出她的心聲。

而那確實是她再真實不過的回答，這一點蔣蔓蔓是知道的。

她的導師邵霓，為了挽救自己的歌唱事業下了多少工夫和努力，她都看在眼裡。

「最後一個問題，邵霓小姐。」

離邵霓最遠的一名記者開了口，她一邊指示攝影師要將鏡頭對準邵霓的臉，一邊想鑽到前方向遞上麥克風。

「請問您有特別想感謝的人嗎？有沒有那麼一個人，成就了今日身為首席女高音的您呢？」

當對方把問題拋出後，邵霓沉默了一會。

「……有的。」

彷彿是經過了深思熟慮過後的答覆，邵霓的眼神似乎陷入了回憶，只是旁人無法看見她正想念的種種。

「我的父親……羅索亞・格爾。」

緩緩的閉上了雙眼，邵霓的思緒回溯到遙遠以前，她對於自己父親的種種印象。

羅索亞・格爾不僅僅是她的生父，更是曾經紅極一時、極具傳奇色彩的世界首席男高音，在事業最顛峰的時候急流引退，與流有華人血統的母親奉子成婚生下了她，自此不再重回眩目的舞臺。

「我的父親，正是啟蒙我學習聲樂的最大推手，也因為他的關係，讓我決定將一生都奉獻給聲樂……是我最該感謝的人。」

邵霓讓思緒遊走在黑暗之中，浮現在腦海的過往記憶影像就更加鮮明，她身處的家庭、她曾經有過的兒時、她在成功之前所過上的每一個日子，從未遺忘。

對她來說，要忘掉如此刻骨銘心的過程也絕非易事。

在記者們忙著抄寫邵霓的訪談內容時，被採訪者起了身，向大家致上了她要離去的決心，一個轉身便兀自揚長而去，無論後頭的記者如何追問都不再回頭。

蔣蔓蔓一邊要追上她的老師，一邊又要忙著替邵霓阻擋記者，好不容易跟著邵霓進到停在門口的計程車內，她才得以鬆了一口氣。

邵霓我行我素的風格，總是讓蔣蔓蔓忙得像個經紀人一樣，不時要替她的老師收拾善後。雖然辛苦，但蔣蔓蔓也從未抱怨，因為只要能在邵霓的底下學習歌唱，她早就抱定了什麼苦都能吃的心態。

「蔓蔓，下一個行程。」

「是，接下來是您獨自練唱的時間。」

蔣蔓蔓趕緊為她的老師報上答案。

「是嗎？那麼接下來妳應該知道怎麼做吧？」

「是，我會在您練唱的一小時內離開練習室，到外頭的咖啡廳坐坐。」

面對口吻冰冷的邵霓，蔣蔓蔓回答的語氣仍十分恭敬，這樣的對話形態也持續了將近五年之久。

跟著邵霓學習的蔣蔓蔓，對於導師的喜好厭惡都已掌握得非常透澈，在這近一年的期間，邵霓開始要她在練唱時離得越遠越好，大概是為了不想讓旁人干擾自己吧？蔣蔓蔓是這麼想的，不是常聽說越是大師級，越多奇怪的特殊癖好？

△▽　△▽　△▽　△▽　△▽

在話題結束後，一直到進入邵霓的居所之前，邵霓與蔣蔓蔓之間再也沒有任何對話。

對此，蔣蔓蔓也習以為常，她的導師本就不是個多話之人，一心一意只為歌唱而活。

這也是她之所以如此崇敬邵霓的原因，全然的奉獻精神，看在她眼底簡直堪比聲樂界裡的耶穌基督。

嗶的應聲，邵霓住家的門扉自動感應刷卡開啟。這棟大樓的住戶幾乎是像邵霓這般有頭有臉頗具名望的人物，就以身為一個尚未走紅的女高音蔣蔓蔓來說，跟著她的導師踏進此處，都會不自主的升起一股虛榮。

即便不停告訴自己這並非屬於她，但每次進入這裝潢高雅尊貴的建築物裡，蔣蔓蔓還是忍不住的自我沉醉。

總是喜歡抬頭環看這裡景物的蔣蔓蔓，沒注意到邵霓已開門進了屋，直到邵霓出聲叫住她：「還杵在那裡做什麼?我要練唱了。」

雙手環胸，邵霓對蔣蔓蔓的態度從來不是那般親切，甚至有些嚴厲。

「是、是，那麼一小時後我會再回來，到時再請老師您教我練唱……」

蔣蔓蔓連忙向邵霓鞠躬致歉，隨後便看著屋內的邵霓冷酷的關上門，碰的一聲將自己隔絕在門扉之外。

門扇之內的邵霓，並未看見蔣蔓蔓臉上那一閃而過的陰暗……

在蔣蔓蔓低頭望地的眼神中，有著各種糾結。

將礙事的徒弟趕走後，邵霓背過門，脫下踩了一整天的高跟鞋，裹著膚色絲襪的雙足一踏上客廳地毯時，她忽然反射性摀住自己的嘴。

「嗚！」

一陣強烈的作嘔感衝上腦門，一時間將邵霓弄得頭暈目眩，接著掌心感覺到溫熱濕黏的觸感……一滴滴鮮紅色的血液，自她雪白的指縫之中流洩而出。

醒目的紅，很快就染遍了邵霓白皙的手，進一步滴落到昂貴的地毯上，猶如飄零在地的一朵朵血花，無聲綻放。

「咳、咳咳！」

邵霓難受的蹙起眉頭，雙手除了緊緊摀住自己不停湧出血來的嘴外，只能任憑身體不由自主的晃動著向前走，顫抖的雙腳踏過地上的血漬，猩紅沾染上了穿著絲襪的腳底。

「啊……啊、啊啊……」

此時，從邵霓喉嚨中擠出的聲音，與平時的嗓音有極大的不同——殘破、沙啞，猶如豬隻尖銳又破爛的叫聲，正確確實實從當今首席女高音的口中傳出。

聽到自己如此不堪的聲音後，邵霓臉上的表情頓時從痛苦變成猙獰，兩顆黑眼珠瞪得圓大，一個踉蹌跌倒在地的她，一手撐在地面、一手則抓著自己戴著項鍊的頸子。

住口——

快停止這該死的聲音！

腦海充斥著對自己的吼聲，但她張開的嘴巴卻仍不停的製造醜陋喑啞，克制不了、著魔似的……一次又一次的發出。

邊發出禽獸一般的低沉嚎叫，邵霓邊像個小兒麻痺的患者，四肢胡亂且怪異的曲張向前擺動，一綹綹黑髮凌亂的散到臉前、遮蔽她的視野。即使如此，她仍執意驅動著這扭曲的身軀，跪伏在地，搖搖晃晃、一步一步，拖著沉重的身體爬到梳妝臺前……

「啊……啊啊……」

眼白都充滿血絲的邵霓，停停頓頓、彎彎曲曲，像鳥類在轉動脖子似的抬起頭來，仰望著梳妝臺上一個精緻的白色小盒子，沒有掐著喉嚨的另一手使勁舉起來，啪的一聲，掌心打在桌面之上。

「刷！」

邵霓染血的手心推落盒子，白色的木盒從高處狠狠的撞擊墜落在地，盒蓋和盒身頓時分離，藏在裡頭的東西也一併軟軟綿綿的掉在地上。

邵霓猛烈的吸氣換氣，她睜大充血的雙眼，右手顫抖著拾起盒中之物，她將層層包裹在外的紙張急切的撥開後，顯現在她眼前的……

是一個疏鬆柔軟、夾帶血絲，左右對稱的膜狀物體。

她倒抽一口氣，面露掙扎，接著緊緊的閉上雙眼，一鼓作氣將那團柔軟黏稠的物體塞入嘴中。

咕嘟一聲，她使力將其吞嚥而下。

喉嚨都被一股鐵鏽味占據，邵霓已分不清是自己嘔出的鮮血所致，抑或剛才吞食的物體本身的味道——也許兩者皆有。她現在只想拿起桌上的水瓶，大口大口的沖去包圍整個口腔的腥味。

「哈啊……」

邵霓用手背擦拭嘴邊溢出來的水，這時她所發出的低吟，不知何時已變回平時正常的嗓音，本來強烈到彷彿喉嚨被腐蝕的痛楚也一併減緩、逐漸退去，甚至也不再咳血。

邵霓鬆開掐住脖子的手，無力的垂放下來，整個人同樣疲弱的癱坐在地，胸口明顯起伏的喘著氣，三十秒前的種種就像一場噩夢，但是落在地毯上的斑斑血跡，告訴她這並非是夢境。

一切，都是無法抹滅的真實。

「又得將地毯送洗了呢……」

邵霓低垂著眼，看著自己留在地毯上的傑作，接著是一陣突然的冷笑。

「哈、哈哈……哈哈哈……」

斷斷續續、零零落落的笑聲聽起來毫無章法，邵霓不在意自己的手中還殘留有血漬，雙手就往臉上蓋去，遮蓋住了整張臉。

間歇的笑聲之後，是她咬著發顫的下嘴脣，兩行淚順著臉頰悄然滑下。

她到底——

還是無法抵抗那可憎的欲望。

打從一開始就錯了，就像誤陷毒品的可憐蟲，一旦涉入就再也沒有回頭路，藥癮來了就伴隨強勁的痛楚，幾乎要摧毀全身與所有理智精神的程度，然而她很清楚自己所吞下的那個東西……

是遠比毒品還來得可怕的存在。

垂著頭的邵霓從地上爬起，走向客廳旁的廚房，打開水龍頭，然後猛然將自己張開的嘴湊了過去，不斷用水柱沖刷著自己的口腔，甚至全然不顧那是生水，像是強迫性的要自己喝下。

好髒！

好汙穢！

想把自己至今吃下肚的所有東西全部沖洗乾淨！

早在她接受了這個「東西」時，就覺得自己的靈魂死了一半，如今這副身軀內，只存在依靠這些骯髒「東西」而活下去的本能和欲望。

明知這麼做一點意義也沒有，她還是著魔似的用水沖著嘴，哪怕只有一點點的心理慰藉也好。

「真是可悲啊，邵霓……」

停下沖洗的動作後，邵霓喃喃的嘲笑自己，胸前的衣襟濕透，但她的眼神無視於此，改而掃向那些擺在櫥窗上，一張張代表著她在聲樂界輝煌紀錄的照片。

寫真裡那亮麗自信、簡直完美的身影，對比此刻的自己，邵霓覺得她再可笑不過。

就在這時，她的餘光不經意瞥見一道黑影快速的閃過走廊。

——有人？

邵霓立刻提起了戒心，一來是懷疑她家可能遭逢竊賊，二來擔心自己方才的作為被人撞見，她馬上站起身，從廚房的架上抽出一把菜刀，緊握刀柄，小心翼翼又躡手躡腳的走向幽暗廊道。

沒有打開走廊的照明以免打草驚蛇，邵霓嚥下一口口水，呼吸急促又沉重，她一步一步走近撞見黑影的地方。越是接近，她的心跳越是加重加快，額前冷汗和握著刀柄的手的手汗同時沁出。

在她前方，寢室的門扉不知被誰打開，從房間裡頭透出一絲鵝黃的燈光。

肯定有誰進到了她的家中！

邵霓更加確定了這個猜測，她正要握上門把、打算出其不意攻擊可疑分子時，她的背後忽地伸出一隻手，冷不防的奪走她的菜刀，更摀住了她的嘴巴。

「嗚嗚！」

邵霓想放聲大叫，無奈口鼻都被緊緊蓋住，慌了手腳的她只能發出無助的嚎叫，同時身體死命的掙扎、想要逃脫。

「別緊張，我所眷顧的靈魂。」

一道優雅從容、比起自己音色更加迷人魅惑的男性嗓音，像一縷淡雅的清香傳進邵霓耳裡，這才將邵霓的注意力移轉到寢室角落，一名雙膝交疊、自在的坐在她個人最愛的躺椅上的男人。

「我是來關心妳的，邵霓。」

在邵霓睜大的眼中，反映出該名男子的穿著和樣貌，一襲黑色素雅十分禁欲的套裝，胸前垂掛著銀色的十字架項鍊，幾綹黑色的長髮垂掛在兩側，看起來近似神父的穿著，卻又讓邵霓本能的感覺到這男子的危險氣息，強烈得不像話。

「真可怕呢，叱吒聲樂界的首席女高音竟會吃下那種東西。」

男子低聲說著，揚在嘴角上的淺笑從未垂下，就邵霓的認知來說，是個極度危險又游刃有餘的人物。

然而，當對方提出「那種東西」時，邵霓的心跳狠狠的漏了一拍。

儘管對方沒有明說，她立即心虛的聯想到了，不久前才從盒子中取出、被她吞進肚子裡的那玩意，難道被這人撞見了嗎？

邵霓眼底的男子起了身，移動那雙媲美模特兒的修長雙腿，來到她的面前，身穿神父袍的男子微微低下頭，興味盎然的注視著邵霓環在頸上的黑色項鍊。

「……這項鍊真美呢。」

對方即將伸手觸碰邵霓的項鍊時，邵霓立即發出了尖銳的抗拒，像在對他高喊「不要碰！」，神情比起被抓住的時候還要來得激動。

有著一頭烏黑長髮的男子揚了揚嘴角，停住了動作。

「哦……看來妳一定很滿意那玩意的效果吧？妳聽聽，就連尖叫都那麼的動聽，真不愧是首席女高音呢。」

將手收回，長髮男子雙手環胸，退到窗檽旁邊、背靠窗，外頭的月色冷冷的落在他身上，使他看起來無形間增添了一種詭譎美感，特別是那近乎死白的膚色，經過月光這麼一照，恍若發出幽幽瑩光。

「實際上妳在服用的那東西是我所製造的，所以我專程來給妳一個提醒……想必妳在使用它時，並不知道背後有個附加的使用說明吧？」

男子的話傳入邵霓耳中，她一愣，完全不明白對方究竟在說些什麼。

「我能給的數量是有限的，應該說這些日子以來妳所服用的都是『試用品』……一旦試用沒了，該怎麼辦呢？」

這時，邵霓看見面前的男子使了一個眼神，不是對她，而是針對正抓著她的人。下一秒她的雙手就被放開，一道人影與她擦身而過，邵霓這才知道剛剛抓住自己、力氣大到簡直讓人覺得自己猶如螻蟻的傢伙，竟是個不折不扣的女人。

「怕妳不知道該怎麼辦，所以我就多留一張說明書給妳……在妳最痛苦難熬的時候，打開它吧。只是，裡頭所寫的規則請務必要遵守。」

黑髮男子對著邵霓幽幽一笑，從衣襟內取出一紙看上去相當典雅的信封，上頭蓋了一

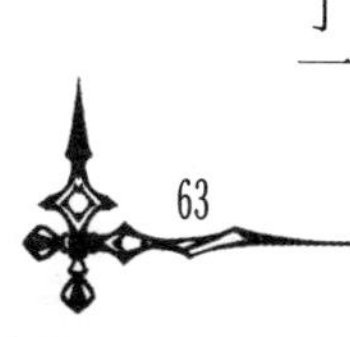

個蝴蝶造型的暗紅色郵戳。男子輕輕的將信放在邵霓的床頭櫃上。

「那麼再會了，我所眷顧的靈魂。」

話音落下，身穿神父袍的男子打開窗戶，一旁修女裝扮的女子跟著走近窗戶——接著，兩人當著邵霓的面，自十三樓層高的位置縱身一跳！

邵霓嚇得摀住自己的嘴、衝上前一看，原以為會見到血肉模糊的畫面，卻在她不斷用目光搜尋過後，什麼也沒有斬獲，只有一輪淒冷的圓月，繼續無情的旁觀著大地。

嚇壞的邵霓回過身來，全身顫抖的她，目光落到了那封米白色的信上……蝴蝶造型的郵戳，此刻看來格外的讓人不寒而慄。

IV

記者的直覺

天空挑染著一抹鮮豔的橘紅色，彩霞顯眼的掛在藍天之間，這個難得的假日已過一半，正走在人來人往大街上的柳阿一，卻絲毫沒有過上半天假日的感覺，只要有身旁這礙眼的男人，無時無刻都讓他感到心煩。

「我說殷宇……為什麼你還要跟著我啊？」

擺出死魚一樣的眼神，視線冷冷的瞥向他的助理編輯，柳阿一沒好氣的問。原以為離開了咖啡廳，殷宇就會消失在他的視線範圍內，想不到對方居然又跟了上來，當鬼的都沒這麼陰魂不散啊！

「這就要問問你的稿子何時會交上來了，柳先生。明天九點之前要送印，你覺得我會在這節骨眼上放你走嗎？」

殷宇推推眼鏡，鏡片下微微上勾的狐狸眼閃過一道銳利鋒芒。

「嗚哇，這麼緊迫盯人不太好吧！雄性費洛蒙會干擾我的靈感思緒耶……」

「那麼，需要我扮成女裝盯你寫稿嗎？」

「千萬不要！這比雄性費洛蒙還恐怖！」

有那麼一瞬間，柳阿一感覺差點心臟停止，拜託拜託農曆七月還沒到，不要這麼急著

出來放風啊！

「唉，我不過是想好好一個人自由自在的寫稿而已嘛……嗯？」

哀聲嘆氣的同時，柳阿一無意間被前頭的喧鬧聲吸住目光，他好奇的睜大眼睛一看，不遠處的一家唱片行門口前，有名女子正將另一名男子從店內拖出、使勁的賞了對方一個巴掌。

「哇，這是什麼？野蠻女友真實版嗎？」柳阿一倒抽口氣驚呼。

只見前方正鬧事的男女身旁聚集越來越多人，有的忙勸架，有的忙觀戰，而我們的柳阿一就是屬於後者，他二話不說就想湊上前一看。

「柳先生，若是你也想被這麼對待，我很樂意幫忙，不額外收費。」

看著明明截稿已十萬火急的作家跑去湊熱鬧，殷宇冷冷的皺起了眉頭，快步跟上已經跑遠的柳阿一。

殷宇來到柳阿一的身後，卻見對方一臉愕然，怔怔的看著在人群包圍中正不停拳打腳踢的女人。

「那個女人，是邵霓的學生蔣蔓蔓……」

柳阿一喃喃唸著，不知是要說給殷宇聽，還是自言自語，但他確實因為認出蔣蔓蔓的身分而錯愕。

他第一個念頭是：為何邵霓的徒弟會在這裡和一個男人鬧事，而且還如此激動、恨不得要將對方揍得稀巴爛？

這和他初次見到蔣蔓蔓的印象相去甚遠，難道真是為了感情上的糾葛嗎？

直到聽仔細兩人的吵架內容之後，柳阿一才恍然明白，整起事件的導火線並非他所想的那般。

「你憑什麼這樣說我的老師？你口說無憑！我要告你誹謗！」

即使被旁人用手架住，蔣蔓蔓的四肢仍有力的想要出拳或飛踢，瞪大的雙眼中充滿血絲，平時漂亮優雅的臉蛋漲得火紅，尖銳刺耳的咆哮讓人無法將她和聲樂家弟子連在一塊。

「可悲啊，居然被自己的導師矇騙到這種程度。」

蔣蔓蔓的仇視對象摸了摸左臉頰，那塊皮膚呈現通紅微腫狀態，光看就覺得方才那一掌十分用力、毫不留情。而相較於蔣蔓蔓的失控，這個男人顯得冷靜許多。

「什麼矇騙！不准你再汙辱我的老師……！」

蔣蔓蔓一聽更為火大，使出所有的力氣就快掙脫控制時，柳阿一擠開人群、走上前叫了她一聲。

「蔣蔓蔓小姐，到底發生什麼事了？」

一來是不想看個女孩子家繼續出醜，二來是想釐清整件事的來龍去脈，柳阿一按住對方像貓般聳起的肩膀、正色的詢問。

蔣蔓蔓一見著他，先是一愣，面對這張似曾相識的臉孔她花了些許時間回想，直到她想起此人正是邵霓親口承認的情人後，她才改抓住柳阿一的手，認為對方會和自己同仇敵愾的道：「這個人，居然口口聲聲說邵霓老師的歌聲是魔鬼現象，不合乎情理且肯定做假，我們怎能容許這種人隨便誣衊老師！」

不客氣的直指前頭挨她巴掌的男人，蔣蔓蔓滿腔的怒火並沒有因為柳阿一的出現而減去幾分。

「原來如此……那麼，蔣蔓蔓小姐，這裡就交給我來幫妳和邵霓討回公道，妳應該有事在身吧？」

雖說他相信蔣蔓蔓所言不假，但片面的資訊無法得知完整真相，柳阿一只好先安撫對方，至少先解決這場風波再說，況且蔣蔓蔓是邵霓的學生，他柳阿一愛屋及烏之下，當然也希望她別再惹禍上身。

「對、對哦，我差點忘了自己有跟老師約練唱……糟了，時間差不多了，我得趕快回去才行！」

突然想到自己有約在身，蔣蔓蔓愣了一下後打算趕緊離去，在這之前她不忘回過頭來向柳阿一致謝，也一併瞪了惹她生氣的男人，最後匆匆忙忙的奔跑遠去。

「呼……」

笑笑的目送著蔣蔓蔓走遠後，柳阿一才鬆了口氣，他撓著後頸，眼看周圍的路人們還沒離開，他只好板起臉來開始驅走人群。

「走開走開，沒什麼好看了吧！」

將這些圍觀的人們都趕走之後，柳阿一轉過身來，將目光投到與蔣蔓蔓起衝突的男人身上。眼看對方似乎想要離去，他開口叫住對方：「喂，你給我等一下。」

雙手交叉擺在胸前，柳阿一兩眉皺緊、盯著背對自己的男人。

「身為邵霓的男朋友，我很有興趣聽聽你對她的評論。」

柳阿一直接挑明自己的身分，儘管他知道自己並非什麼實質上的男友、邵霓當初只是一時興起隨口說出，不過他還是很在意邵霓這個人，包括她的流言蜚語。

被柳阿一找上的男人轉過身來，用著打量的眼神看著他，像是不以為然的嗤笑出聲。

「邵霓的情人嗎……呵，那倒是一則獨家新聞呢！也好，就拿這個作為交換吧……掌握在我手上的，關於邵霓這位首席女高音不為人知的獨家新聞。」

男人臉上原先被搧紅的痕跡已退，他從口袋中摸出一張名片，遞給了柳阿一。

「某某週刊記者，谷言成……哼，難怪你開口閉口都在講什麼獨家新聞。很好，那就讓我來驗證一下，你的報導是否屬實吧。」

就在柳阿一收下對方的名片時，他的肩膀上忽然疊上一個力道。

「不好意思，請再加我一個人。」

「殷宇？你這傢伙到底是想怎樣……！」

「身為這傢伙的男朋友，我也很有興趣聽聽你對他的外遇對象的評論呢。」

△▽ △▽ △▽ △▽ △▽

說是有強而有力的證據要給他們看，柳阿一和殷宇兩人跟著自稱記者的谷言成，前往他存放證據的住家。

一路上，柳阿一對殷宇出言不遜耿耿於懷，認為對方絕對存心要毀壞他的形象和名譽，真不愧是枉死城雇用的責任編輯，手段和心腸都一樣毒辣。

不過話說回來，原來蔣蔓蔓之所以會和谷言成槓上，是由於谷言成在唱片行裡辦起了講座，宣稱握有當紅聲樂家邵霓的秘密，恰好被路過的蔣蔓蔓聽見，兩人一言不合就鬧到大街上了。

不算太久的車程結束後，柳阿一等人終於進到谷言成家中，來者是客的兩人屁股都還沒坐下，就見屋子的主人忙著翻箱倒櫃，最後找出一張張的相片。

「這是……邵霓？」

柳阿一接過谷言成手中的照片，映入眼簾的人物就是邵霓，只是她身處的背景是家醫院，身上穿著一套淡綠色的病患服，除此之外就只有邵霓立體的側臉，看不出她身上有什

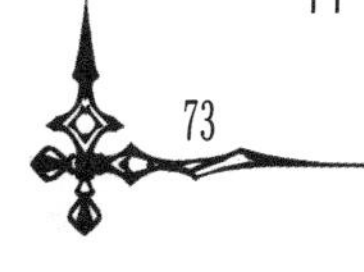

麼需要入院的異狀。

「恕我直言，你會偷拍下這張照片，一定是邵霓有什麼不單純的入院理由吧？」

殷宇在柳阿一之後看了所謂的「證據」，眉頭一皺。

「不過……」殷宇的話還未完。「也正因為只有拍到邵霓的側面，所以即便你想透過這張照片表達什麼，也沒有足以登報的價值。真是令人失望呢，谷先生，這就是你所謂強而有力的證據？」

殷宇一開口就是咄咄逼人的氣勢，不只讓被質問的谷言成額冒冷汗，就連在旁的柳阿一也深覺對方的可怕，不愧是前刑警出身，感覺特別敏銳。

「哈、哈哈……真是厲害呢，都要讓我懷疑你是否是同行了，殷先生。」

谷言成尷尬的用手抹了抹臉、訕訕的笑了笑後，很快便恢復他身為記者的自信，正經的說道：「不錯，正如你所說的，這些照片不被採用，不過對我來說這意義非凡。記者的靈魂告訴我，這背後一定有什麼值得追蹤調查的秘密……」

「讓我告訴你們吧，我如此深信不疑的理由。」

谷言成深深的吸了一口氣，沉下臉來用著再堅定不過的口吻說：「我親眼見到——邵霓被送進醫院的那一幕。」

谷言成話音落下，對面的兩人不發一語的聽他娓娓道來……

當時的谷言成原本想拍攝其他名人入院的照片，然而，還未見著他本該鎖定的目標，門口又傳來急急的鳴笛聲。

谷言成順著本能回頭一看，赫見一名滿身是血的傷患被送往手術室，他定睛一看，當下吃了一驚，對於熟記了所有名人臉孔的他來說，是不可能認錯的——

對方正是人氣女高音，邵霓！

他想自己這輩子都忘不了那情景……

躺在病床上的邵霓滿臉是血，平時在螢幕上漂亮的臉蛋盡是擦傷，脖子上是一條條怵目驚心的血痕，身上各處也都是慘不忍睹的大小傷口，谷言成幾乎不敢相信那就是他所知道的美麗、隨時都散發出光彩且聲勢如日中天的邵霓。

記者的嗅覺告訴谷言成，這絕對是一條值得追蹤報導的獨家新聞。

在歷經一段時間的調查之後，谷言成才知道原來邵霓出了相當嚴重的車禍，車頭的擋

風玻璃全部碎裂，其中一塊碎玻璃更插入了她的咽喉，在醫生極力的搶救之下，她才撿回了一條命。

腦海裡湧上這些回憶，谷言成說至此時，作為聽眾的柳阿一和殷宇皆臉色一沉，面面相覷。

記者出身的谷言成懂得察言觀色，他看出對面兩人的面色有異，於是他發自內心語重心長的道：「你們有想過嗎？明明喉嚨受了致命傷的邵霓……究竟如何在短短的一年內，重獲……不，甚至得到了更加動人的歌聲？」

V

奇蹟的背後

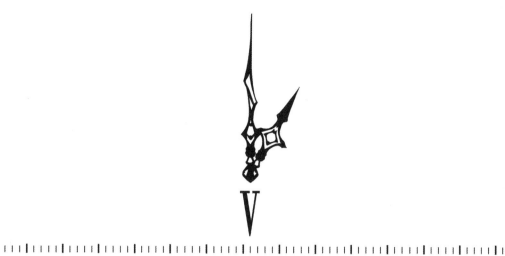

在一臺顯影效果不彰的電視螢幕上，以壯闊的弦樂為襯，有道宏亮的歌聲氣勢驚人的迴響，演唱者昂首站在臺前，全神貫注的詮釋歌曲，臺下千名觀眾無不沉醉其中、翱翔在無遠弗屆的音樂世界。

當演唱者擲出高音，聽眾立刻屏住氣息，當化成低音時，聽眾的心緒也隨之下沉。美妙的歌聲和音樂深深攫住每位聆聽者的心，最後演唱者以揚長的聲音作為結尾，全場沉寂數秒後，如雷貫耳的掌聲便向舞臺襲來，演唱者鞠躬回敬聽眾，接著轉身下臺。

年幼的女孩一臉忘我的坐在電視前，眼神還痴望著前方，似乎餘音繞梁、久久不能自我的模樣。

剛才出現在電視機上的，正是她的父親羅索亞．格爾。

羅索亞是世界知名的男高音，更是她心中仿效的對象，年僅十歲的她，因此在心中立下誓言——

長大後一定要像父親一樣，當上聲樂家，享受被聽眾矚目、喝采的感覺！

「邵霓，又在看妳父親的演出啊？我告訴妳，憑妳那種聲音也想飛上枝頭？省省吧！妳那種嗓音就連豬狗聽了都怕！」

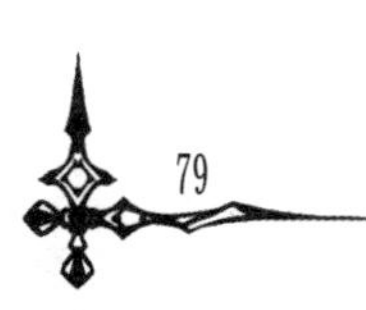

一道尖酸的女聲，毒辣的刺入邵霓耳中。

邵霓轉頭一看，她的繼母正迎面走來。她沒有回話，只是沉默以對，因為正如繼母所說，她的聲音出奇難聽，既沙啞又口齒不清，時常被繼母笑稱是烏鴉的孩子，可她從不敢多回嘴一句。

「呵呵，真是可憐的孩子啊——可憐的失敗品。妳父親的聲音那麼動聽，我家的葛奇也是，他雖無血緣上的傳承，卻也有著與生俱來的好嗓子。唉，我看是妳的基因有缺陷吧！要不然怎會是這種難聽的聲音？」繼母語氣高揚，露出鄙陋的目光。

邵霓仍是默默的接受。

這些年來她早已習慣如此了，自從生母病逝後，她在家中就失去了地位，不僅繼母對她刻薄，就連父親也偏愛她那位毫無血緣關係的兄長葛奇，只因為葛奇善於討好與諂媚父親，使得她完全不再受寵。

「碧絲，該去吃午飯了——」

此時，門外傳來呼喚的聲音，兩道腳步聲也逐漸接近。一名相貌嚴謹、戴著眼鏡的中年男人出聲，揚起一手揮著，另一名體態微胖、皮膚白皙的少年，與他並肩走著。

「噢，親愛的，你和葛奇練唱完回來啦？」

邵霓的繼母轉過身回應，語氣瞬間轉柔，只是她暗地擰了邵霓一把，壓低聲音對邵霓道：「看見妳父親和哥哥回來不打招呼嗎？」

「爸、爸爸……哥哥……你們回來了啊……」邵霓痛得緊瞇雙眼，膽怯的叫著。

其父及長兄兩人，也只是冷冷的點頭以示，邵霓的心底正淌著血，好羨慕父親教授長兄歌唱技巧、培訓成為接班人。父親從不知道她有多麼的渴望自己也能讓他親自指導。

可是這一切從不如她所願。

△▽ △▽ △▽ △▽ △▽

「老師？邵霓老師？您是太累了嗎？」

模模糊糊的意識中，聽見了熟悉的女聲呼喚，邵霓這才搖頭晃腦的撐開雙眼，看見她的學生蔣蔓蔓彎腰站在面前、擔心的注視著自己。

「啊……抱歉，可能是最近表演場次太多，有些過累了吧……今天的練習就先到這裡吧。」

邵霓遲了一會才想起，自己原來正在幫蔣蔓蔓練唱，卻在途中不小心睡了過去。只是她很久、很久都未曾夢到自己的過去了。

她一點也不眷戀過往，她滿腹心酸走來的兒少時光，曾一度對她來說是惡夢存在的歲月，與當下功成名就的自己相較，真是有種說不上來的諷刺——當然是針對那些不看好自己的家人。

「我知道了，那老師您要多多休息啊。」

蔣蔓蔓的臉上雖然不免有些失望，但憂心多過於此，她很快的收拾好自己的東西後，便離開邵霓的視線範圍內。

房間內又只剩下邵霓一人，明明擺滿各式家具卻有種空蕩蕩的感受，充斥腦海的畫面都是一幕幕因夢而起的回憶，對她來說那段記憶特別空虛淒涼。她其實很早就知道自己的嗓音不如人，為了彌補這個天生的缺陷，她不斷加強自己歌唱上的技巧藉此取勝，只不過她也很清楚這遠遠還不夠。

像是想到了什麼，邵霓這時從沙發上起身，拎起隨身的包包，走出家門搭乘電梯前往地下停車場。

隻身走在無人又昏暗的停車場中，此時的環境就像邵霓的內心寫照，沒有人——沒有任何人會回應腳步沉重的她，她人生一路走來也是如此，唯有靠自己找到出路或方法，單憑自己這雙歷經多少滄桑的手，推開阻擋在前的障礙。

坐上自己的車後，在發動引擎前邵霓拿起手機，撥打了一通電話。

「羅醫師嗎？我現在去你的門診一趟方便吧？」

在醫院，關起門來就是只屬於醫生和病人的時間，任何謊言都沒有必要，就算是過去的瘡疤也用不著掩飾，所以每當邵霓進到診間，反而是最放鬆的時候。

平時守得牢牢緊緊的秘密，只有在這裡可以坦然直說。

邵霓一入坐後，雙手平放在膝蓋上，輕聲開口。

「羅醫師。」邵霓深吸了一口氣，「能否，請你再替我做一次聲帶手術？」

把話說出口的同時，邵霓抬起眼來，一對幽幽深深的黑色眸子望著白袍醫生。

她所提的聲帶手術，正確來說就是聲帶整型手術，為了改變原本的音色，進而調整聲

帶膜狀構造的手術。

在邵霓正式出道前，就已先做過一次，驅使她忍痛這麼做的原因，是過去一幕幕帶給她屈辱的回憶，來自繼母的嘲笑、生父的漠視，以及自己對於夢想的決心。

她知道自己天生的嗓音並不出色，要在競爭激烈的聲樂界中有立足之地，僅有再純熟的技巧也是不夠。於是，當時她找了眼前這位羅醫師作為主刀，改寫她本該繼續平庸下去的一生。

邵霓用滿懷希望與期待的目光看著對方，對面的男子卻搖了搖頭。

「邵霓小姐，並非我不願意再幫妳做，只是自從妳那場車禍過後，光是要讓妳恢復正常說話的機能，我們這邊的醫療團隊就已費盡心力，如今以妳曾受過如此嚴重傷勢的條件，很抱歉我無能為力。」

羅醫師嘆了一口氣，作為許多名人指定的權威，把「無能為力」四字說出口是相當的沉重，但他對於邵霓的狀況再清楚不過，於是只能向現實妥協。

反觀聽見答覆的邵霓，一言不發，她僅僅是眉頭深鎖，揪緊膝蓋上的裙襬。

「邵霓小姐，我記得，在那之後妳不也順利的回到舞臺上了嗎？」羅醫師突然想起邵霓當今仍活躍於樂壇，「我有聽妳近來的演出，神啊，那簡直是奇蹟！對於一個曾擔心妳再也無法正常說話的主治醫師來說，妳現在的歌聲根本是奇蹟啊！」

臉上露出不敢置信，卻又散發神采奕奕光芒的男人，好奇問道：「邵霓小姐，現在的妳既然有了如此好的歌喉，又何須再動手術呢？」

對方把話問出口的同時，邵霓臉上出現了一抹苦澀的冷笑。

「奇蹟嗎……哈，比起奇蹟，如果可以，我更想選擇醫術，因為奇蹟的背後……」邵霓的聲音漸歇。

——得要付出難以想像的代價。

△▽　△▽　△▽　△▽　△▽

離開谷言成的居所後，為了查證消息是否屬實，柳阿一與殷宇決定前往邵霓當時所待的醫院調查。

雖說如此，柳阿一對從何著手還沒有頭緒，於是他偷偷觀察身旁的殷宇，本該在他家

緊盯著他寫稿的助理編輯，似乎是一副胸有成竹早有定見的模樣。

柳阿一實在不忍說啊，好像只要一提及靈異或懸疑的事件，這傢伙就會忘了自己的本分……這年頭真是什麼怪人都有。

「柳先生。」

這個時候，被柳阿一貼上怪人標籤的殷宇開了口。

「你得感謝我。」

「哈啊？」

柳阿一覺得自己一定是聽到了外星人的語言，這傢伙發什麼瘋啊突然這麼說？

「這個。」

殷宇從口袋中取出一管筆狀的物體，柳阿一看了三秒後才恍然明白那可能是何物。

「要不是我從那名記者身上摸走這錄音筆，大概明天你就能上八卦雜誌的頭版了。」

「咦！可、可是這樣行嗎？雖然我很感謝你沒讓我成為腳踏兩條船的雙性戀……不對！我是說你偷別人東西真的可以嗎？」

以前的警察同仁都在為你的操守掉淚了啊！

「這點你用不著擔心。」

面對柳阿一睜大眼睛的質問，殷宇還是一如既往的面無表情，「到時候他真要舉發我的話，我會對他『先發制人』、『曉以大義』的。」

就直說你打算將人塞進消波塊內、丟入大海吧……柳阿一真是無言以對了。

「要是讓你成為八卦主角，到時候媒體天天都來纏著你，你就沒時間寫稿了……」

「原來你是在擔心這個啊？」

柳阿一再次覺得自己被殷宇打敗了，徹徹底底的。

在以上對話發生的同時，兩人也踏進了目的地的大門，迎面而來就是撲鼻的消毒藥水味，以及白衣天使和患者們來來去去，還有無論哪家醫院的冷氣都特別強，冷空氣直接掃上柳阿一裸露在外的手腕肌膚。

「不管到醫院幾次……都不會習慣這裡的空氣啊……」

柳阿一環看四周，雖然失去一年前的記憶，身體倒是還熟記著對於醫院的厭惡感，出於本能的。

「嗯……那個人是……」殷宇微微的瞇起眼來、看著遠方，似乎沒把柳阿一說的話聽

進去。

「喂，你這傢伙真沒禮貌，難道沒聽我在說話嗎……唔！」

柳阿一還未抱怨完，殷宇突然將他的頭扳到左方，眼簾內頓時出現一道熟悉的身影。

「是邵霓……？」柳阿一不禁直呼出聲，愣了一下。

身旁高他一顆頭的殷宇則喃喃道：「她怎會出現在這間醫院內……嗯，果然值得調查。柳先生，有件事想要你去做。」

「啊？我？」

柳阿一被迫聽了殷宇耳語幾句後，就被對方一臉冷酷的推到邵霓走來的方向。

被擋住去路的邵霓抬起頭來，見著柳阿一的時候也頓了一下，看上去還在思考這張臉孔好像似曾相識。

至於柳阿一為了破除尷尬的重逢，只好先摸著後腦勺，賠笑似的對著邵霓道：「還、還記得我嗎？邵霓小姐？我就是前幾天在音樂廳外與妳談天的那一位，當時妳還給了我一張名片呢……真是巧啊，想不到老天又讓我們無意間相逢了。」

一對上女人就會自動使出花花公子的必備技能，柳阿一很快又換上一張迷人的笑容對著邵霓綻放。

「原來是你……那麼，有什麼事嗎？」

對於柳阿一的記憶終於翻了出來，不過邵霓還是維持著她對外人冷淡的態度。

「之前就一直想這麼做了，不過想不到居然會出其不意的遇見，真是緣分呢。邵霓小姐，我能否有這個榮幸邀妳一起共進晚餐？日期隨妳訂。」

柳阿一照著殷宇的計畫把話說出，現在他只希望邵霓能夠答應自己的邀約了，況且邵霓之前也說過再聯絡她，表示自己還是有機會成功的吧。

邵霓再次露出思索的表情，不過這次縮短了時間。她答：「那麼，就約在這個禮拜五晚上吧，餐廳也由我決定。」

「太感謝妳了邵霓小姐，能與妳共進晚餐真是我的榮幸。」

柳阿一喜出望外的神色都溢於言表，雖是計畫行事，但真能因此約到一個大美人和他來頓浪漫燭光晚餐，也算是賺到。

只是柳阿一並不知曉，對方是對他不被自己的聲音所吸引這一點感到有所興趣，進而答應他罷了。

目送著邵霓的離去，柳阿一滿心喜悅，一點也沒注意到在旁邊冷冷看著自己的殷宇，直到殷宇從後頭出其不意絆了柳阿一一腳。

「不好意思，我腳滑。」

「腳滑？腳滑最好會剛好擋在我之前啦！」

柳阿一炸毛般的回頭怒吼，只是殷宇似乎完全不當一回事，撇過頭去望向他處，語氣平常的道：「柳先生，你忘了我們前來的目的嗎？要是忘了，我可以致電給方編輯，告訴他你現在人在醫院閒晃、不務正業沒有在趕稿哦。」

「……你這個惡魔。」柳阿一臉色立刻沉了下來，他再次感嘆自己被鬼使神差盯住的命運。

「這個讚美我會銘記在心。」說著，殷宇就自個兒先朝最初的目的地走去。

柳阿一趕緊跟上，對著很快走到門診前的助理編輯道：「喂喂，我說現在還是看診時間吧？裡頭應該也有別的患者啊？這樣強行進去不行啦！」

「不要緊的。」殷宇一邊淡定的回話，一邊握上門把。

「哈啊？什麼不要緊！說人話啊你！」

顯然柳阿一的阻止完全起不了作用，他就這麼眼睜睜看著殷宇推門而入。

一進到診間，不管是醫生、護士還是衣服掀開到一半聽診中的病人，全都傻愣愣的望向直接闖入的殷宇。

「警察，我有些問題想要詢問羅醫師。」

在柳阿一關上門後，就見殷宇二話不說拿出警察證明。在殷宇一亮證件後，病人與護士趕緊退離現場，只剩下柳阿一與被找上門的羅醫師。

經過一段時間的閉門詢問後，柳阿一終於跟在殷宇的屁股後頭走出診間，從頭到尾都被殷宇這胡來的作為弄得膽戰心驚，直到離開醫院都還無法平復加速的心跳。

「真是太亂來了……居然還亮出警察證件來，要是讓人知道你是已離職的警察，那該怎麼辦啊……」

走在醫院附近人行道上的柳阿一，連連搖頭嘆氣，待在殷宇的身邊真是存心來練膽。

不過也拜殷宇所賜，這下確定了谷言成所說屬實，邵霓的喉嚨確實曾受過重傷。

也因此，谷言成的那句話——

「你們有沒有想過？明明喉嚨受了致命傷的邵霓……究竟如何在短短的一年內，重獲……不，甚至是得到了更加動人的歌聲？」

再次浮現於柳阿一的腦海中。

「我說殷宇……」柳阿一忽然有了個念頭。「我總覺得邵霓的事……和之前遠山農場所遭遇到的很像。」

語氣變得沉重起來，只要想起曾在遠山農場歷經的種種，柳阿一再好的心情都會被打亂，畢竟他當時所遇上的事，在世人眼中根本是只存在於小說中的超自然現象。

只是後來關於這件事再也沒有後續，似乎所有相關的人都恢復了原本的生活，或許是想徹底遺忘，也有可能打算重新站起出發……但無論如何，對柳阿一來說，這些都是確確實實牢記在心底的點滴。

所以他在那之後變得有些不習慣，彷彿整起事件不曾發生過……

至於殷宇這傢伙，他覺得根本用不著擔心對方，因為這種人會出生在這世上本就是個謎團，搞不好爸媽是來自外太空也說不定。他柳阿一是打從心底這麼認為。

「你是想說……就像遠山農場的主人沈達透過某種交易，重獲已死的蜘蛛，而身為首席女高音的邵霓會不會也是如此，進而得到失去的美好嗓音，對吧？」殷宇沉思了一會後做出回應。

柳阿一聽聞後點了點頭，說：「我想很有可能……但是現在有個問題，假設真是如此的話……在交易之間必定存在著某種『規則』吧？就像當初不准餵食蜘蛛葉片以外的食物一樣。」

思索中的柳阿一頓了一下，最後他托著腮幫子，緩緩的道：「那麼，邵霓的『規則』又是什麼呢？」

話音落下許久，兩人都猜不出可能的答案，柳阿一突然彈指一聲。

「啊！這種時候就是要翻看勾魂冊，或許裡面會有線索也說不定……啊咧？」將手伸進西裝口袋中遍尋不到的柳阿一，露出了發愣的神情，「奇、奇怪……勾魂冊呢？我記得明明有放在口袋裡頭啊……」

「真是不意外。」殷宇嘆了一口氣，雙手環胸。

「哈啊？什麼不意外？」柳阿一又是愣愣的抬眼看對方，暫停了翻找的動作。

「我說你會丟三忘四這件事，一點也不意外。」殷宇推推眼鏡，口氣稀鬆平常。

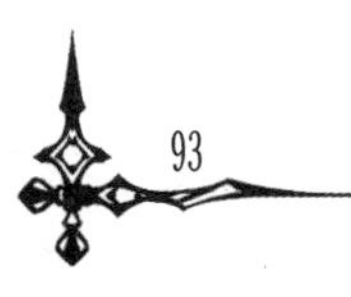

「什麼嘛！你是在說我一看就知道是散漫的人嗎！」柳阿一不服氣的鼓起兩頰，眉頭皺緊。

「外加還是個很孩子氣的人。」

「混帳殷宇你再給我說一次看看！」

看著殷宇又聳了聳肩，柳阿一真心不爽了，這個眼鏡魔鬼存心是要惹毛他啊！

「是說你一直找不到勾魂冊行嗎？會不會遺失在某個地方了？」

殷宇別過頭去，似乎一點也不想理會炸毛的柳阿一，目光隨意的遊蕩，但他沒讓對方知道自己在聽見勾魂冊不見的消息時，心底立刻湧上來一種不祥的預感，彷彿將有什麼要發生……

「咦，這麼說來好、好像是哦……勾魂冊會不會掉在那個記者家中啦？」像是被一語驚醒夢中人的柳阿一，撓了撓後腦勺。

「事實就是如此還什麼好像是！走了，還不快去把勾魂冊拿回來嗎？」

柳阿一還在發呆的時候，殷宇已快一步招手攔下計程車，打開車門準備進入。

「再不快點跟上就讓你徒步到他家。」

「嗚哇，你這個性格惡劣的眼鏡男！」

於是乎，柳阿一就在殷宇的催促下趕緊上了車，兩人再度掉頭前往谷言成的居所。

△▽ △▽ △▽ △▽ △▽

待兩人重新踏上黑色的柏油路時，本來還殘存著些許陽光的黃昏，已徹徹底底被黑夜吞沒，淒冷的月牙高掛。

「是說，谷言成會不會知道是你偷走錄音筆的啊……」

站在谷言成住家門前的柳阿一，只要一想到這件事就覺得有些不安。

「如果他身為記者的敏銳度很高，大概會猜到吧。」

「……拜託你不要用這種置身事外的口吻回答好嗎？」

柳阿一一掌抵在額前，他真不知該怎麼說這傢伙才好了，這種人的家人怎會受得了……對吼，他的爸媽都是外星人當然沒問題了！

「谷先生，谷言成先生在家嗎？」

同樣不理會柳阿一的話，殷宇已先按下門鈴，邊出聲呼喚屋子的主人，只是即使接著連按數次的門鈴，以及連同柳阿一也加入呼喚的行列中，就是久未有人出來應門。

「奇怪，怎會這麼久都沒來回應？會不會是出門了啊？」

柳阿一困惑的轉頭看向殷宇，但見殷宇眉頭深鎖，似乎所想的與柳阿一不同。柳阿一本想繼續問下去，卻見殷宇將手握上門把，轉動。

「喀嚓。」

應聲，關上的門扉被殷宇輕輕的推開了。

「……門未上鎖。」

殷宇壓低聲對著身旁的柳阿一道，做出要對方安靜行事的手勢動作。

柳阿一嚥下一口口水，點點頭，小心翼翼的跟著殷宇進到打開的家門內，他的第六感告訴自己，殷宇這般凝重的臉色絕非是好事。

屋內一片黑暗，幾乎伸手不見五指，但走在最前頭的殷宇，卻在這瞬間知道可能發生了什麼事——嗅覺已告訴他答案。

聞到空氣中隱隱約約的鐵鏽味，殷宇蹲下身來尋找味道來源，他直覺猜想應該就在咫尺之間。為避免破壞現場，他決定先停步原地，並抬手擋住了後方的柳阿一。

「殷宇？」

忽然被擋下的柳阿一輕聲低問著。

透過門縫射入的一點點月光，柳阿一大致上看見殷宇取出隨身的手帕，放在手中作為隔離用，然後去開啟某樣事物的開關。

頓時，燈光一亮，前方所有景物都失去掩蓋，完全公開。

柳阿一自殷宇身後探出頭來，視線由下往上緩緩看去……

從玄關入口處望去，越靠近客廳就有越多暗紅色的血跡，斑駁的、慘烈的，像蛇蜿蜒而行般的彎彎曲曲落在地上，最後再匯聚成一灘如小水坑的血泊中……

那裡，有一名身上插滿數刀，死不瞑目的男人。

「谷……谷言成……？」

柳阿一不敢置信的睜大了雙眼，用顫抖的氣音宣布了死者身分。

Ⅵ

奇怪的厭惡

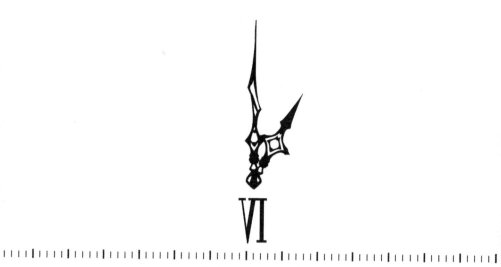

警車鳴笛的聲音不斷環繞在耳，閃閃爍爍的紅光也透進屋內，一名名警察進到案發現場，忙進忙出，使這間頓失主人的房子熱鬧一時。

將這些身穿制服的客人帶來之人，正是站在封鎖線外的殷宇。

相較於殷宇面無表情的看待，在旁的另一名目擊者柳阿一則滿面愁容。

這還是他第一次親眼見到凶殺現場，即使寫了無數部關於命案的驚悚小說，場面也在腦海裡、電視上，演變或看過無數次，然而在現實中真正撞見這樣的場面時，腦袋居然是一片空白，接著才是渾渾噩噩的恐懼感充斥、占據了他全副身心。

他瞄向一旁的殷宇，縱然遇到這種狀況仍面不改色，真不愧是刑警出身，大概已經練就習慣了吧。

「辛苦了。」

從屋內走出一名身材高䠷、看似中年的男人，向其他警察這麼說著。

雖然身上未著警察制服，卻能從他散發出來的氣息感覺到，他似乎是警局那邊的人，而且從數名警察向他低頭致意的互動來看，柳阿一猜對方應該是個位階較高的人物。

「嗯？」

被柳阿一觀察的男人忽然朝他們這邊看來，對方雖是上了年紀、有了魚尾紋的雙眸，目光仍舊保有犀利，甚至比起年輕小夥子還要多些睿智與沉穩。只見這位身材高大的男人走了過來。

「想不到會在這種地方再見到你，殷宇。」

對方一開口，就說出了讓柳阿一為之意外的話，心底有了這人難道是殷宇的舊識之類的猜測。

「哪裡，我也並非出自喜愛出現在這裡，孫警官。」

殷宇沒有正眼看向對方，若要柳阿一來說，他看來似乎還有點閃避的意思，這更讓柳阿一感到好奇了。

不過話說回來，眼前這位看上去頗帥氣的大叔，果真是警察那邊的人啊！

「還是那麼自負……一點都沒變呢，殷宇。是說，聽說你離開警界後去做出版社的助理編輯了，真的嗎？」

目前僅知姓孫的警官，在命案現場前泰然自若的講起像是家常便飯的話，而且從頭到尾都沒注意到柳阿一存在的態度，也讓柳阿一覺得有些莫名的不是滋味，好像他夾在殷宇與對方之間被忽視一樣。

「如您所見，我實際上正在執行身為助理編輯的工作中，這位便是我負責的作家，柳先生。」

終於啊！

柳阿一終於聽到自己被人提了出來，看來殷宇還是有把他放在心底的……

不對，這不是重點！現在是什麼情況？明明有個相當可怕的命案擺在眼前，這兩人是在敘舊個什麼勁啊？

「哦，這就是你現在管理的對象嗎？幸會幸會，我是這小子之前的上司，孫景禮，局內的人都叫我孫經理哪，哈哈！」說著，這位中年大叔異常爽朗的拍了拍柳阿一的肩膀，豪邁的笑著。

連同笑聲都和柳阿一想像中一樣，完全符合標準的男子氣概和硬派刑警形象，只是年紀稍微大了些。

只不過「管理的對象」是怎麼回事啊？

他是作家不是這個人的下屬啊喂！難道他給人的第一印象就是這個嗎……可惡，他才

不會承認自己的心靈受到了創傷！

「孫警官，裡面的狀況如何，大致上可以跟我透露一下吧？」

「嗯……被害人方面應該不用我多做說明，想必你也知道他是被亂刀砍死，以這種凶殘的手法來看，凶手似乎對被害人懷有相當程度的怨恨。」

一邊聽著孫景禮的回應，柳阿一也一邊回想起當時親眼見著的畫面。與其說是回想，倒不如說是揮之不去，因為那樣的死法實在太過震撼……

谷言成倒臥在血泊中，表情猙獰得恐怖，兩眼瞪大，張開的嘴像是有無數話想喊出來卻已說不出，身體各處都留有一條條怵目驚心的血痕，皮開肉綻、深可見骨，然而看似用來行凶的菜刀就插在他脖子上，若他沒看錯，那剛好就是喉結的位置，看起來格外嚇人。

雖說身為八卦記者本就容易招來仇恨，但柳阿一實在無法想像，到底有什麼深仇大恨可以讓谷言成死成這副模樣，光是想到這點就讓柳阿一一陣毛骨悚然。

「再來，身為記者的被害人，他的所有生財工具，如筆記型電腦、隨身碟、相機等等器材，似乎都已遺失。雖還沒證據指出就是凶手所竊，但以我的直覺來說，大概就是這麼一回事。」孫景禮托腮低聲道：「也許，被害人掌握了凶手什麼不利的證據，才引發這場不幸的事件吧。」

「不利的證據嗎……」

柳阿一喃喃自語，腦海不知為何聯想到邵霓的那些照片，難道說凶手真是……不，他不斷告訴自己別這麼快下定論，就算再怎麼可疑、再怎麼吻合。

「感謝您的告知。那麼，我們就此告辭。」反正最重要的勾魂冊已在報警前拿到手，心裡這麼想的殷宇轉身就要走。

「這可不行啊殷宇，不做警察後，連目擊者要作筆錄的這件事都忘了嗎？」

孫景禮叫住對方，殷宇雖停下腳步，但卻沒有回頭。

「那麼，不再是我上司的您，似乎也忘了對我做筆錄應該沒有什麼意義吧？我能說我所知的，全都在此之前告訴您的下屬了。我還有事，先走了。」

「啊……果然是完全沒變……那就如你所願，走吧殷宇，還有你的作家。」

孫景禮嘴上仍掛著笑，但有那麼一瞬間，柳阿一似乎看見了些微苦澀。

「孫、孫警官，這樣可以嗎？不讓他們做筆錄真的可以嗎？」

「嗯，我說了算，因為對方是殷宇，我們還得慶幸目擊者是他，他一定把所有重要的線索和情報都詳細精準的告訴我們了。」

面對下屬著急的詢問，孫景禮又是自若的笑了笑，只是被他目送離去的殷宇和柳阿一都沒發覺，在他笑容之後卻是沉著臉的嚴肅。

離開了命案現場，兩人並肩走在無人的街上。柳阿一見殷宇從方才就一言不發，面色儘管看不出有什麼改變，卻讓他覺得異常冰冷。

於是，柳阿一腦海裡又有了一個念頭——

殷宇他，肯定有什麼不能說的秘密吧？

真是好奇啊……

他柳阿一頭一次會對枉死城來的鬼使神差感到好奇，一定是自己腦子燒壞，不然就是死期快到才會這樣。

不過，比起繼續安靜下去，柳阿一還是想打破沉默，所以他拿出好不容易找回的勾魂冊，打開來看、想著要和殷宇討論時，他的雙眼頓時睜大。

「勾魂冊……出現第二段敘述了！」

柳阿一指著勾魂冊泛黃的內頁，殷宇立即湊到一旁，跟著柳阿一讀著上頭的文字。映在他們眼簾內的敘述是——

沒有希望，最後一絲的希望被徹底否決了吧？

可憐的靈魂。

妳只能重回我的懷抱，求助於我、聽從於我——

只要妳遵守遊戲規則，就能繼續保有妳的夢……

執著又貪婪的夢。

△▽ △▽ △▽ △▽ △▽

一串鑰匙，連同一個昂貴的名牌包，邵霓一回到家中就將這兩樣東西毫不在乎的丟在客廳方桌上，自己則失去所有力氣似的倒臥在沙發上，一對漆黑的眸子怔怔望著天花板。

沒有辦法了。

她真的別無選擇了。

她的狀況，以現今的醫術來說是無法挽回了，因為那一起該死的車禍，導致她如今做什麼都沒能回到當初……如今，她能夠踏上的道路，也只有那條充滿荊棘的蠻荒之路吧。

邵霓舉起手來，讓掌心輕輕的撫上自己的頸子，最後停在戴著項鍊之處，指尖立起。

從這一連串的動作看來，她似乎有些躑躅。

曾以為自己用不著走到這種地步，但要是不這麼做，一來會失去她既有的一切，二來是她曾經使用過「試用品」帶來的副作用——

像之前那樣打從喉嚨深處痙攣上來的痛楚、咳血，彷彿要斷了氣的煎熬，一旦隔了段時間沒有再持續食用，就會再度發作，她不想再經歷下去。

所以，她也只能這麼做了，無論如何也得試著去接受。

下定決心的邵霓站起了身，足尖一步步踏著毛絨絨的地毯，走向她的寢室梳妝臺前，她拉開抽屜，從中取出一封米白色看似相當典雅的信，上頭蓋著暗紅色的蝴蝶造型郵戳。

不知為何，每當見著這封信時，她除了會想起那晚所遇到的事之外，還有一種說不上來的不安。

她握著這封信，好像這封信具有什麼魔力，會讓她的腦袋思緒不受控制、一片渾噩，內心深處彷彿有道聲音催促、蠱惑自己——

順從妳的願望，拆開我吧！

明明想克制不去聽，但越是抗拒，越是陷得更深，邵霓的腦袋中最後只被一種聲音占滿，就是為了她的嗓音，她要拆了這封信！畢竟，她已別無他法。

拆信的聲響在空氣中迴盪，邵霓塗著鮮紅色指甲油的手指，略帶猶豫的逐步拆開信封，寫在信中的內容公諸在她眼前，她開始閱讀這一行行的文字。

「啊……！」

讀完後，邵霓忍不住驚呼出聲，摀住自己嘴巴的手掌明顯的顫抖著，一對眼眸也睜得如牛眼般大，她甚至差點在那瞬間失去重心、雙腿一軟。

過去她從不知道自己所服下的「試用品」究竟為何，頂多知曉那絕非透過正常管道能到手的東西……但現在她明白了，她了解那是什麼樣驚世駭俗的產物。

一股強烈的作嘔感打從體內最深處急湧上來。

連續好幾道反胃的嘔吐聲，邵霓當下不能自已的想把吃下的所有東西都吐出來，最好是連同胃酸一併吐出，凡是沾染過那些東西的種種她都受不了！

儘管這樣的念頭很衝動的竄入腦海，但邵霓很快的又認知到一點——她不能這麼做，她必須得克服，為了自己非得守住的夢，再怎麼可怕的真相她都要吞嚥下肚！

因為她別無退路了啊！

她唯有這麼做才看得見明天的舞臺呀！

不斷、不斷、不斷催眠著自己的邵霓，終於平復了自己原先身體上的不適，她再次拿起那封信，雙手顫抖卻面色強忍鎮定的再看幾回。

「獲取的管道……果然是這樣啊……」

邵霓對著打開的信喃喃自語，臉色從剛才就已刷白的她，此刻看來更加慘澹了。

她倒抽一口氣，最後放下手中的信，然後面對梳妝鏡看著其中的自己。她舉起手來摸著自己的臉頰，看著那如此失魂落魄、狼狽的自己後，她輕輕的咧嘴笑了。

「不能讓世人見到這樣的我……絕對不行……所以我啊……」

邵霓繼續對著鏡中的自己笑著，笑顏越開，被自己汗濕的青絲凌亂的垂散在臉前，外頭幽幽的月光投射進來照在她臉上，使她當下的面貌看起來十分青白陰森。

「一定，絕對，得照著信上的指示去做……就算不擇手段、多麼不堪……」

邵霓抓緊了手中的信。

「只要，能讓我繼續光鮮亮麗的站在舞臺上……什麼都無所謂了！」

語畢，邵霓瞪大雙眼，目光如火炬般森然明亮。

隨後，她拿起了床邊的電話，迅速撥打一個號碼，等待接通後，她對著話筒另一頭的人道：「我有事想要委託妳去辦……蔣蔓蔓。」

△▽　△▽　△▽　△▽　△▽

「……我說，為什麼你會出現在這裡？」

一開門，就見殷宇的臉孔出現在自己眼前。

今日穿著簡單的西裝背心加上白襯衫，以及一件嚴謹西裝褲的殷宇，服裝流線的剪裁將他腰身的曲線修飾得十分完美。

然而，這對柳阿一起不了任何作用，他的眼神仍向對方投以冷光，聽聞門鈴聲響時他

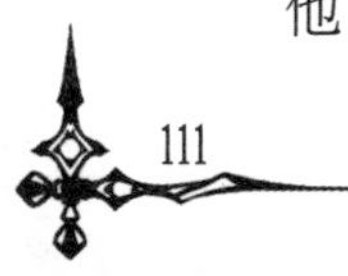

就有種不祥的預感，現在果真實現了。

「還用問嗎？今天是什麼日子，難道你忘了？」

殷宇無視主人的冷漠，一個轉身就擅自走進柳阿一的家，連同濕漉漉的雨傘一起帶進。面無表情的他相當隨性，就像把柳阿一的家當成自己的辦公室。

「什麼日子……等等，難道是下一集的截、截稿日？」

柳阿一愣了一下，接著驚慌的兩手抓著頭。

「看來你從沒把截稿日記在心上啊，柳先生。不過很殘念的是，今天還不是你到枉死城報到的日子。」

殷宇走到陽臺前，將落地窗一拉開，外頭嘩啦啦的雨聲頓時鮮明的傳了進來。

「切，不是截稿日你還來我家做什麼？我可沒有和鬼使神差共度假日的癖好……等等，殷宇你別在我面前撐傘好嗎？」

眼看走到陽臺上的殷宇正要撐開雨傘，柳阿一立即制止。

殷宇撐傘的手部動作不變，僅回過來看向柳阿一，問道：「為什麼？還是你喜歡我的雨傘弄濕你家地毯？」

「你進門的時候就已經弄濕了好嗎……反、反正我就是不喜歡看見有人在我面前撐傘，特別是男人。」

柳阿一先是板出死魚的眼神看著殷宇，而後他感到有些彆扭的側過頭去，右手掌心拍了拍自己的後腦勺。

「像這樣？」殷宇馬上撐開傘。

「不要故意做給我看你這混帳東西！」柳阿一氣得都握緊拳頭了。

「嗯……真是奇怪的厭惡，有什麼原因嗎？」殷宇默默的將雨傘收回，放在地上後，話鋒一轉改而詢問柳阿一。

「可以麻煩你先進屋再說嗎？雨水都從陽臺的門縫跑進來了。」

柳阿一嘆了口氣，心想這傢伙存心是來找碴的吧，一定是這樣沒錯！

「那麼，現在你能跟我解釋了嗎？你討厭男人在面前撐傘的理由。」

走進室內的殷宇依舊只有一張撲克臉，從以前到現在他都不會輕易受柳阿一的言語而改變，好似就連皺個眉頭都要經過層層允許。

「這個嘛……」

柳阿一扭了扭脖子，他邊走到自家的沙發前坐了下來，兩手交疊放在膝蓋上，面色一時沉了下來，殊不知他這副神情更勾起殷宇想探個究竟的念頭。

「其實，真要問我理由我還說不上來……我也不知道為什麼，就是對於男人在雨中撐傘這畫面感到莫名的、發自肺腑的不快……好啦我想你一定會說真是怪人，但我也沒辦法改變或控制啊！」

柳阿一說著說著就煩躁的撓起頭來，一頭本就略微蓬鬆的頭髮被他弄得更凌亂，不過他大概不曉得自己這麼胡亂一撥，髮型變得更襯托他本身雅痞的外貌氣質。

「看來你有自知之明呢，怪人柳先生。」

「哈啊？你是存心來找我吵架的啊？」

要說怪人你才是最有資格的吧，收集什麼刑具和人體模型……他柳阿一才不要被一個更怪的人說是怪人咧！

「不過，我想這會不會是……」

殷宇推了一下眼鏡，顯然柳阿一剛才說的話都被他當成耳邊風，不過向來都是如此。

「和你失去的那段記憶有關？」

言簡意賅說出自己的推測，殷宇的眼神這時轉為鄭重。聽到這句話的柳阿一微微的睜大眼睛，他本人倒是沒想到這種可能。

「這、這有可能嗎？不過是討厭男人撐傘……和我當時的失蹤會有何關聯啊？」

柳阿一有些不敢置信的搖搖頭，雖然殷宇的直覺總是很準確，但他總覺得這兩者之間好像搭不上關係……會不會太牽強了點？

「我這麼問你好了。」

殷宇走到客廳的沙發旁，略彎著腰指著柳阿一的鼻頭道：「你失憶的部分只有失蹤的那段期間對吧？那麼，失蹤之前，你會討厭看見男人撐傘的畫面嗎？」

忽然被殷宇這麼一問，柳阿一遲疑了。他愣愣的沉思了一會，食指搔了搔臉頰，支支吾吾的答：「好、好像不會……應該說……在我有記憶的那段歲月裡，我完全不會有這種厭惡感……」

這個時候殷宇彈指一聲。

「那就對了！這麼說來很有可能就是你失蹤的那段期間，因為某種原因讓你對『一名男性在雨中撐傘』的畫面感到不悅……但也可能是恐懼或害怕。總而言之，能夠確定的就

是，這是在你失蹤回來後才有的，對吧？」

雖然是推測而來的結論，殷宇卻說得很篤定、胸有成竹，反觀柳阿一則是滿臉困惑，他是很想認同對方的說法，卻怎樣也想不到具體的真相可能為何。

「唉……就算真如你所說的好了，但這也無法解開我為何失蹤，甚至失去那段記憶的謎團啊……」

柳阿一再次哀聲嘆氣，看來他想要釐清過去那一年自己究竟做了什麼、為何人間蒸發，還得再耗上一段時間吧……

也有可能一輩子都不會知道。

「不過話說回來。」柳阿一抬起頭來看向站在自己面前的殷宇，「你到底是來幹啥的？純粹找我聊天喝咖啡的嗎？」

「你真的把今天該做的事情都忘得一乾二淨了嗎？」

殷宇這下子終於皺起眉頭了。

見到他這副神情的柳阿一不自覺的膽寒起來，吞下一口口水後怯怯的問：「難、難道說我做了什麼對不起你的事嗎……？」

「你在胡說些什麼！不過我想你是對不起邵霓小姐。」

殷宇舉起手來，指了指戴在腕上的錶：「今天你和她有個共進晚餐的約會，忘得這麼徹底了？」

「咦！」

柳阿一整個人跳了起來，驚愕的瞪大雙眼，他的腦袋正翻湧上來當初約好的地點和……眼看就快遲到的時間！

「糟了糟了！這下真的沒時間了……給我等一下！就算我的約會快遲到又跟你出現在這裡有什麼關係啊！」

柳阿一急著想趕快找件得體的衣服、以及梳整頭髮用的造型髮膠時，他又突然想到了殷宇。

「柳先生，真該說你貴人多忘事嗎……嗯，應該改說是怪人多忘事。你也忘了嗎？當初是誰設計你去約邵霓共進晚餐的呢？」

殷宇對著柳阿一泛起了一抹微笑，那是讓柳阿一看得頓時惡寒的笑容。

「所以，我當然也要親臨現場，聽聽邵霓的說詞了……你不是也準備好要派上場的道

具了嗎？」

「糟、糟糕！看來就算是裝健忘也無法阻止殷宇當電燈泡了……真是有夠陰魂不散。」柳阿一咋舌，不過前頭他是真的忘了邀約邵霓的這回事。

「你可以無視於我的存在，反正我在意的只有勾魂冊新增敘述……也許能從邵霓口中探得什麼。」殷宇表現出一點也不在乎的神情，在提到勾魂冊後才認真了起來，習慣性的推了推眼鏡。

他繼續唸下去：「沒有希望，最後一絲的希望被徹底否決了吧？可憐的靈魂。妳只能重回我的懷抱，求助於我、聽從於我——只要妳遵守遊戲規則，就能繼續保有妳的夢……執著又貪婪的夢。」

殷宇低聲吟詠，同時反覆思量。

他早已將勾魂冊新增的片段牢記在心中，在這段期間也試著分析了其中可能透露的內容，假設這段文字描寫的是邵霓，恐怕是在說她已下定了某種決心，進而要接受勾魂冊的主人所開出的條件……

也就是必須要遵守某樣規則，才能從中獲取想要的事物——近似等價交換的一種交易模式。

而目前的問題點就在此，他必須知道作為交換的條件內容為何，否則無法預先防止悲劇的發生。

「要是能透過這次的約會得知答案就好了……」

殷宇低沉的聲音傳進柳阿一耳中，柳阿一看著若有所思的對方，自己也不發一語，更加凝重的深鎖眉頭，因為哪怕只有一點點的希望、一絲絲的機會，他都想要相信邵霓不會做出傷害自己或他人的事。

然而，想要堅定這樣信念的柳阿一，心中卻總有一塊揮之不去的烏雲籠罩。

「嘛，先別想這麼多了。」

柳阿一拍了拍沉思的殷宇後背，自己則忙著換穿今晚要見上邵霓的衣服，「我們能做的，就是盡力去阻止可能發生的不幸……對吧？」

想要藉此給殷宇一點打氣、以為能收到對方肯定的回應，不過柳阿一千算萬算就是算不準殷宇接下來回給他的話。

在他眼中的那個人抬起頭來，面無表情的回了句——

「不，我只是不甘願讓幕後的魔王在我面前得逞罷了。」

「……我錯了，我差點忘了你是地獄來的鬼使神差。」

△▽　△▽　△▽　△▽　△▽

燈光美、氣氛佳，加上陣陣傳來的美食香，柳阿一認為這裡就是最好的約會場所，真不愧是邵霓所選定的餐廳，果然很有眼光。對柳阿一來說，前有美人相伴，又有佳餚醇酒相佐，真是他失蹤回來後最大的極品享受……

只要不把視線移到左邊一切都好。

「請兩位不用在意我。」

頭號電燈泡殷宇就坐在柳阿一的左手邊，嘴巴邊說邊拿起刀叉開始用餐。

真正不在意的人是你吧殷宇！柳阿一無言的想著。

「不、不好意思啊邵霓小姐，我的助理編輯硬要跟來，我也沒辦法……」柳阿一向坐在對面、今天一襲美豔高雅打扮的邵霓致歉。

雖說感到抱歉，柳阿一的男人本色還是驅使著他欣賞起對方。

邵霓穿著半露香肩的合身洋裝，顏色是相當具有韻味與質感的低調高雅紫紅色，將她露出的香肩襯得更加白皙誘人。

而檯面之下，柳阿一在之前迎接邵霓到來時就有見著，開衩的裙裝剪裁讓一雙修長玉腿若隱若現……就柳阿一的想像，現在肯定是優雅又性感的交疊斜放在餐桌下吧。

「我不介意的，無須向我道歉，柳先生。我已聽你的助理編輯說了，他是為了監督你之後能繼續寫稿才跟來，真是辛苦了。」

給人冷若冰霜印象的邵霓舉起酒杯，向柳阿一致意，朱紅色的雙脣接著就吻上那透明玻璃杯。

「哈、哈哈，他連這個都跟妳說啦？」

柳阿一表面上撐著笑、跟著舉杯向邵霓，內心卻早已將殷宇的祖宗八代罵過一回：這個死殷宇、臭殷宇，枉死城來的眼鏡鬼，就不能給我留點面子嗎！

「不過，真沒想到柳先生原是一名作家，看上去好像不是那麼一回事。」

邵霓將高腳杯放下後，眼神打量著今晚出席在她面前的柳阿一，這個不為她歌聲動搖

的男人。

她不得不承認，眼前這名男子有著相當值得讚揚、吸引人目光的俊美臉孔，像極了某位以英俊容貌出名的男藝人，若是她再年輕個十歲，也許真會迷戀上這樣的男人。

至於他的穿著也十分得體，內穿淡粉色的合身襯衫，顯示出他對於自我魅力的信心，外搭一件深色近乎寶藍的緞面直紋西裝外套，則彰顯他的品味出眾，同時也是表現出他對這次約會的重視。

對於在聲樂界打滾多年、與人交際應酬無數次的邵霓來說，一個人外在的穿著就能夠透露給她如此多的訊息，也作為她判斷此人是否該深交的參考數值。

不過真要她說，如此打扮的柳阿一比起從事作家一職，似乎更適合走向演藝人員或公關方面吧。

「哈哈，常有人這麼說呢，不過這一點也不減損我對寫作的熱情……」

就在柳阿一說到對於寫作的熱情時，在旁的殷宇咳了一聲。

「最、最近感冒的人真不少啊，就連我的助理編輯都染上了呢！邵霓小姐要多保重啊！」

柳阿一趕緊擺出笑容對邵霓說著，餐桌下的腳則此仇不報非君子的踩了殷宇一下……不過卻被殷宇閃開了。

「對了，近來我寫了一篇作品，題材正是關於聲樂家的故事，要是能給真正的聲樂家過目並給予指教，對這部作品來說，就真是再好不過了呢。」

踩人落空的柳阿一雖然飲恨，但他接下來不忘將話鋒轉回正規的聊天上。

「談不上什麼指教，但我很樂意拜讀柳先生的作品，而且還是以我這職業為題材，我很有興趣。」

邵霓答應了柳阿一後，便從對方手中接下早已準備好的稿件，大略一看似乎篇幅不長，映入她眼簾內的故事如下——

曾紅極一時的男高音，梅涅斯因一場車禍失去了他賴以維生的歌聲。

為了挽救自己的歌唱事業，誓言重拾完美歌喉的梅涅斯透過各種管道，接觸到一個秘密結社的組織——暗色晨曦會。

這個社團對旁人來說，是個血腥、荒淫無度的邪教，團員來自各界的上流階層，利用

深夜集會，他們除了崇拜魔王撒旦、從事各類召喚術外，也浸淫在黑魔法的世界中，在歐美、墨西哥、埃及等地活動，舉行雜交派對、拷問秀和屠殺嬰孩的儀式。

對於這個社團，梅涅斯起初也相當排斥與畏懼，但教主卻聲稱他們擁有永保動人嗓音的儀式，於是梅涅斯心動了，他決定要不惜代價來執行儀式。

在一個月黑風高的夜晚，梅涅斯來到該組織的祭壇，祭壇之內只有幾枝燭光，陰風將火苗吹得搖曳似滅。閃閃爍爍的火光之中，教主走了出來，在教主的指示下，梅涅斯換上一身黑袍、頭披黑紗，雙手合十走入祭壇中央的五芒星陣。

教主同樣穿得一身淨黑、臉戴白色假面，拿著一只酒杯向梅涅斯道：「再次提醒你，這是個無法回頭的儀式。如果準備好了，請喝下我手中這杯牛血。」

梅涅斯沒有回話，也不做任何一種猶豫的動作，他立即迅速接過對方手中的酒杯，毫不猶豫的一口灌下，因為現在的他，滿腦子只想恢復動聽的歌聲、不願失去好不容易掙得的掌聲。

「很好……看來你很有決心，那麼儀式就要開始了。」

教主擊手兩聲，團員便搬來一樣蓋著黑布的物品，教主掀開布簾，是座窄口寬腹的三腳容器，容器內到處可見結痂的血漬，還散發著刺鼻的腥味。

「這個是三腳鼎，外觀如你所見是用純鐵打造的。中古時代，女巫用它製造春藥、油膏和毒藥，參加魔宴時也會經常攜它同往，目的是為了用來烹煮嬰兒……」

教主再次擊掌傳喚，這時，一道宏亮的稚嫩哭聲傳來……

一名團員正抱著哭嚎不已的男嬰走來。

「唔！」

梅涅斯內心雖驚駭不已，但如果拒絕掉這次機會……他知道，自己將一輩子失去優美的嗓音。

「嗚哇！哇哇！」

幼嬰無助的哭聲刺入梅涅斯的耳膜內，同時嬰兒已被放入鼎內，鼎下升起熊熊烈火，鼎壁開始發燙，無情火舌漸漸侵蝕男嬰的身軀……

梅涅斯不忍再看，別過目光。

然而，在烹煮的過程中，教主同時低吟著奇怪的咒語、手指著嬰娃的頸部，就在嬰兒快燒成焦黑前，團員突然潑水滅火。

「嬰兒純淨的嗓音，最適合想重生天籟之音的你。來吧！咬斷他的脖子，吸取他頸子內的鮮血，吞下他的嫩肉……你的聲音，就會再度回歸、永不失去它！」

教主指著梅涅斯說著，同時遞出一副刀叉。他的聲音，激動得就像在宣讀某種誓言。

梅涅斯接過刀叉，沉默半晌、遲遲沒有行動，他看著眼皮未闔的嬰屍，心中的良知與恐懼正牽制著他。

教主見他躊躇不定，便開口道：「難道你不要你的聲音了？你想失去現在的一切嗎？」

「我……不想失去！」

言語刺激下，梅涅斯叉起了血淋淋的肉塊，一口吞下。

他不想失去目前擁有的一切，他不想失去習慣已久的掌聲，他不想再次被人奚落，他更不想……

捨棄自己的夢想。

所以他早就決定了不是嗎？

不管要付出多少代價……

也要，保有這些！

梅涅斯的故事到此結束。然而，將通篇看完的邵霓卻一臉怔住、面色鐵青。

殷宇見著邵霓的反應後，便道：「邵霓小姐，我忘了告訴妳，柳先生是驚悚小說作家，要是讓妳看了不太舒服還請見諒。」

「噢，是、是這樣啊，這也難怪會寫這類型的文章了。」

似乎是由於殷宇的話才回過神來，邵霓回應的時候顯得有些慢半拍，眼神透露出她還處於驚魂未定的狀態，不過仍硬撐維持自己優雅的音調。

「殷宇啊，我還以為你跟邵霓小姐事先提過了呢，真是的你。不過話說回來，邵霓小姐以同為聲樂家的立場來看……認為我有寫出主人翁對於歌唱的執著嗎？」

殷宇之後，柳阿一跟進詢問，目前的進展都在他與殷宇的預料中。

邵霓久久未能作答，微張的朱紅小嘴像是想說些什麼，聲音又哽在喉嚨裡出不來，明明餐廳空調很冷，卻見她額前沁出汗珠，臉色比起剛看完文章時更加蒼白。

「邵霓小姐？」

殷宇再問一聲，但見邵霓倒抽了一口氣，放下了紙稿。

「……我身體有些不舒服，今晚就到此吧。」

沒給柳阿一等人挽留的餘地，邵霓不顧餐點還熱著，拎起皮包和外套就立刻起身走人，柳阿一和殷宇對視一眼後，由柳阿一追上前去、向邵霓呼喊著至少要送她一程。

邵霓同樣不給面子的拒絕了他，但不死心的柳阿一還是追到了餐廳門外，和邵霓的身影一起消失在殷宇的視線範圍內。

原本的坐位上只剩下殷宇一人。

他重新拿起刀叉，繼續肢解剛端上來沒多久的牛小排，五分熟的肉質隨著被切開後流出血水，但殷宇一點也不介意的叉起肉塊，甚至還蘸了蘸盤內的紅色液體。

像是一如往常的吃著他的晚餐，若有所思。

直到柳阿一的身影再次出現於餐廳門前，一步步走回起先離開的位子後，殷宇才出了聲問：「如何，有打聽到什麼嗎？」

柳阿一看了看面色自若用著排餐的殷宇，便心有不悅的皺起眉頭，回道：「你這傢伙還真是輕鬆自在啊！我這麼努力去追人，你還給我在這裡吃晚餐？我氣喘吁吁跑回來後還用一副上司的口氣問我？是有沒有這麼欠揍啊？」

「不然呢？是想要我餵你一口好吃的牛排作為補償嗎？」

殷宇回過頭面向柳阿一的第一個動作，就是叉起另一塊牛肉作勢要遞給對方吃。

「不、不用！誰要吃你餵的牛排啊！你這傢伙給我認真點！」

柳阿一先是愣住，而後趕緊撇過頭去、用手臂擋住自己的嘴巴，忿忿不平的對著殷宇低吼。

「我一直都很認真的。」

見柳阿一不吃，殷宇又轉回頭去，一口吞下他本來要給柳阿一的那塊肉。

「誰信你啊……算了，對手是你，我怎樣都鬥不過……」

柳阿一嘆了口氣，無力的一屁股坐回椅子上，抹了抹臉後又說：「現在，我倒是要你說明一件事，為什麼要我照你的意思寫這篇文章給邵霓看？」

為了寫這篇故事，他可是犧牲了能看寫真集的寶貴時間，他非要對方給個合理的答案才會甘心。

「要你寫這篇文，最主要是想驗證我的猜測。」

殷宇喝了一口紅酒後，再道：「難道柳先生沒注意到嗎？邵霓在閱讀這篇故事的時候，很顯然的……她將自己代入梅涅斯這個角色中了。」

VII

歌者連續失蹤

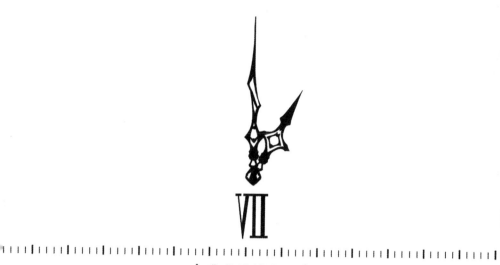

占地不大，裝潢卻比一般人家更精緻典雅的客廳內，到處都突顯了女主人的不凡品味，無論是來自遙遠波斯的地毯，還是貼在牆上的昂貴壁紙，抑或是天花板上出自著名水晶品牌的燈飾，大至家具、小至一點點的細節，都傳達給人一種高雅卻不庸俗的訊息。

這個家的主人暫且不在，只有她的徒弟蔣蔓蔓出現在此。蔣蔓蔓轉開了擺在前頭的六十吋液晶電視，無所適從的目光隨意落在電視畫面上。

據蔣蔓蔓對她老師的了解，這個家中除了她以外，不太會有別人到來，因為老師年邁的生父已逝、繼母捲走所有的遺產帶著親生兒子離去，邵霓為了不讓愛慕虛榮的繼母回來對她有所企圖，也早已申請了保護令，好讓從小就對她施暴到大的繼母不得接近。

能夠見著她一面的機會，大概只剩下冷冰的電視，透過鏡頭看到邵霓如今非凡的成就與丰采……至於演唱會等等的演出，邵霓曾說過那也是不可能的，因為她的繼母並不真正愛好聲樂，只想要被世人拱在手心的名與利。

好幾次，蔣蔓蔓都想對邵霓的過往流露同情，但她知道邵霓並不需要，也是因為得知邵霓過去坎坷的聲樂之路，她才更尊敬這個老師——她得來不易的老師。

現在，電視上並未播報有關邵霓的任何新聞，而是持續追蹤報導有關一名記者慘遭囟

殺的案件，警方至今尚未偵破，案情陷入膠著狀態。

蔣蔓蔓打算繼續看下去時，門鈴響起，她趕緊從沙發上跳起，快步跑上前去應門。透過小小的貓眼一看，確定門外的人正是邵霓後，蔣蔓蔓這才安心的開門，讓她的老師進入家中。

「我委託妳的事辦好了嗎？」

一進門，邵霓便開口問向蔣蔓蔓。

「是的，您交代的事我已經處理好了，倒是老師您……還好嗎？看起來氣色不太好啊，不是去赴約吃飯嗎？」

蔣蔓蔓先是回答了對方的問題，但她也察覺邵霓臉色上的不對勁，她不懂為何吃頓飯回來氣色反而更不好。

「沒事，不過是有些累了……既然妳已將事情辦好，明天就來執行吧。」

數天後，邵霓繼續在各地巡迴演出，一如往常，她昂首筆挺的站在臺上高歌，演唱完後，向臺下觀眾微笑致敬，慢步走下臺階，完美落幕，臺下的掌聲響徹雲霄。

表演結束後，邵霓駕車回到住所，一打開門，就見蔣蔓蔓興奮的向她高呼：「邵霓老師！我剛在電視上看見您現場直播的演出呢，您唱得真好啊，真不愧是我最崇拜的人！」

蔣蔓蔓白皙的臉龐上，刻著雀躍的神情。

每次看完邵霓的演出後，她都會不由自主的興奮，在未當上邵霓的學徒前，她就一直仰慕、崇拜著聲樂界首席的女高音邵霓，現在身為邵霓的唯一弟子，更是讓她引以為傲。

「呵……多謝讚賞。對了，趁這個時候跟妳說清楚吧，往後妳必須遵守一些條件，我才能繼續教導妳。」

「什麼樣的條件？老師您儘管說。」

蔣蔓蔓納悶的看著她的老師邵霓，雖然覺得無論邵霓說什麼自己都會遵守。

邵霓伸出手來，輕輕的按在蔣蔓蔓的肩上，道：「第一，不准在我練唱時打擾我，這是妳以前就知道的，但現在更嚴禁。第二，我希望妳能繼續幫我挖掘人才，之後只要我有提起，就得去帶些嗓音不錯的人來見我。」

邵霓用手解開包裹著頸子的領口，口氣鄭重。

蔣蔓蔓雖有疑惑，還是答應了老師開出的條件，實際上在這之前，她已為邵霓介紹了一、兩位具有潛力的歌唱人才，之所以會這麼做也是出自於邵霓的委託，畢竟她並不希望除了自己以外，還有其他人和她分享老師的指導。

只是看來邵霓希望這樣的事能持續，身為學生的蔣蔓蔓又怎能推托不要？

「很好。我看時間差不多了……蔓蔓，妳到門口迎接雷恩先生，他要來向我請教歌藝。」邵霓看了看腕上的手錶。

「是的，邵霓老師。」

蔣蔓蔓點頭以示，接著轉身離去。她心想著邵霓提及的雷恩先生……該不會是現今小有名氣的男高音雷恩・塞特吧？

真沒想到他居然專程來向老師請教，看來她最尊崇的邵霓老師，歌唱實力果然備受各界肯定。

等候些許時間，蔣蔓蔓才見雷恩來到邵霓的住家門口，對於雷恩的第一印象就如她所預想那般，是個同樣不失聲樂家風範的高雅人士。

待蔣蔓蔓將人引上樓後，便看初次見面的邵霓與雷恩兩人幾番簡單寒暄，就一同走進邵霓專屬的練唱房內，留下蔣蔓蔓一人在房外等候。

她必須先等這場練唱結束，才輪到她的回合。

雷恩渾厚的歌聲從練唱房內隱隱傳出，在練唱期間不斷的重複演唱同一首曲子，門外的蔣蔓蔓雖覺奇怪，卻不敢入內一瞧。

縱使雷恩的歌聲再好，反覆聽著同樣的曲子仍會讓人生煩，就在蔣蔓蔓等得心都急了，邵霓終於推開房門，神情愉悅的走出來，接著背倚門面，反鎖上門。

「雷恩先生呢？他不出來嗎？」見著邵霓反鎖房門的蔣蔓蔓，不禁疑惑的問。

「他練唱完有點累，說要在房裡休息一下。」

邵霓難得一見的滿臉笑容。

△▽　△▽　△▽　△▽　△▽

時光總是一閃即逝，又約過了一星期，蔣蔓蔓聽從邵霓的指示，帶來一名擁有清脆歌

喉、頗具潛力的聲樂界新星少年。

「老師，這位是莫森合唱團的獨唱，布蘭。」

蔣蔓蔓向邵霓介紹身旁之人，一名年約十來歲、容貌平庸的褐髮少年，略微羞澀的站在蔣蔓蔓左側。

「喔？歌聲應該不錯囉？那布蘭同學，你跟我來吧！」

邵霓嘴角勾起迷人的微笑，親切的拉起布蘭的小手，準備進到她的房間練唱。

「請等一下邵霓老師，在此之前想請您先告訴我……您知道雷恩先生去哪了嗎？」

蔣蔓蔓在邵霓轉身前叫住對方，她知道這樣顯得自己無禮，但她急切的想知道答案，問題得追溯到前幾天她所接到的一通電話……

當時她人在邵霓家中，一如往常等候練唱以及幫忙邵霓處理家務，這時一通電話聲響，眼看邵霓仍在練唱房中不得打擾，她便代替對方接通電話。

才一接起話筒，她就聽見電話另一端傳來啜泣的聲音。

蔣蔓蔓被這哭聲弄傻了，她當下只能愣愣的聽著對方所言，進而從中得知……雷恩失去聯絡的消息。

她不知道這是否跟自己的老師有關，但根據雷恩的家人指出，雷恩自從赴約與邵霓練唱後，就再也沒有回到家中，手機更是關機無法撥通。

有種不好的預感，但蔣蔓蔓遲遲沒有向邵霓說出口，這陣子以來她都在觀察著邵霓的反應，她的老師仍舊一如往常沒有任何異狀，繼續要她介紹新的練唱對象，所以她才會在這時候忍不住提問。

相較於蔣蔓蔓的臉上寫滿困惑與憂心，邵霓只是嘆了一口氣，似乎顯得不耐煩的回答道：「雷恩先生十分有歌唱的天分，我幫他介紹國外聲樂的名師，讓他有更上一層樓的機會。他應該是跟著我介紹的那位老師出國深造，然後忘了跟家人交代罷了。我現在要跟布蘭練唱，妳就別來打擾了。」

邵霓輕拍蔣蔓蔓的肩膀後，轉身進房練唱，房內開始傳出布蘭輕輕柔柔的歌聲。

站在門外的蔣蔓蔓一手揪著胸口，她心想應該儘快向雷恩的家人回報、好讓他們安心，但是內心卻有一種不踏實的感受，她也說不上為什麼，那種不安並未因邵霓的回答而散開。

於是她腳尖往前輕輕一踏，身體湊近，雙手按在練唱室門外，側耳竊聽，她想知道邵

霓和布蘭在裡頭的真實情況。

心臟跳得七上八下，但蔣蔓蔓還是被好奇心驅使繼續聽下去，她想自己只是偷聽一下下……一下下就好……只要不被邵霓發現，應該都沒關係吧？

隔著一扇門板，蔣蔓蔓一直只有聽見布蘭反覆練唱的歌聲，卻無收到其他談話的內容，這讓蔣蔓蔓覺得更奇怪了，既然是練唱，為何不會有像是糾正、讚賞，或是邵霓親自示範的聲音？

明明教她練唱的時候，邵霓可是處處都嚴厲的做出指正，難道她的程度會比一個新人還要來得差勁嗎？

蔣蔓蔓越想越覺得不對勁。

直到隱約聽見了另一種聲響，她才轉移了深究下去的注意力，甚至在這時候睜大了她的雙眼，一副難以置信、想要聽得更加清楚仔細的神情。

從方才開始她就好像聽到了……一種不該出現在練唱期間內的聲音，沒有理由會存在的聲音，那應該是在餐廳才會聽到的……

像是在進食中的咀嚼聲。

蔣蔓蔓以為自己聽錯了，肯定聽錯了。但當她繼續隔著房門聽下去後，心中的疑慮沒有移除，反而更加深。

除了咀嚼聲之外，這聲音裡還夾帶著一種彷彿在吸吮的聲響。

無法理解的聲音一一傳進蔣蔓蔓耳中，她不敢出聲，不敢大聲詢問練唱房裡頭的邵霓與布蘭究竟在做些什麼，她的腦袋此刻就像當機一樣，無法想像出一種可能的答案。

另一方面，深怕自己會觸怒邵霓、那位她最尊敬的老師，要是邵霓動怒因而除去她的學生身分，那又該怎麼辦？

蔣蔓蔓一時間不知所措，這個時候腦海卻突然閃過一人的身影，她也不知道為何會在這時候想找那人，她的手腳卻開始動作，離開練唱室門前走回客廳，帶走自己的手機後跑到了陽臺上。

她的指尖開始撥弄手機螢幕，尋找不久前才加入聯絡人內的新電話，在螢幕上顯示撥通的狀態後，她趕緊將手機放到耳旁壓低聲道：「喂？請問是柳阿一先生嗎？你好，我是邵霓的學生蔣蔓蔓……」

△▽ △▽ △▽ △▽ △▽

晚上十二點，這是一個人人最好都該入睡的時段，但對柳阿一來說，這是個十萬火急的倒數計時。

距離他的書送印還有約九小時。

待在家中、坐在書桌前，面對筆記型電腦的柳阿一十分苦惱，他的靈感大神苦不降臨，但這麼一說，肯定會被身後緊迫盯人的助理編輯殷宇用毫無同情心的表情說：誰叫你平時不燒香，神也棄離你。

可惡，現在他該怎麼辦才好？

靈感不來他是要怎麼下筆，他是要怎麼把剩下的五萬字生出來，他是要怎麼對已死的祖宗們交代……呃，最後一項好像用不著。

「那、那個殷宇啊……」趕稿趕到雙眼都累出黑眼圈的柳阿一，此時像個老太婆一樣慢慢的扭過頭去。

「什麼事？稿子寫好了嗎？」殷宇一挑眉頭。

「啊不……我、我是說……我能夠離開一下去上個洗手間嗎?」

「柳先生,你是忘了我說過的話嗎?」殷宇雙手交叉擺在胸前。「把稿子安全送印前是不會讓你離開書桌一步的。」

「這、這算什麼啊!我、我要告你防礙自主權!」

「前提是你得離開這張書桌才能告得了我吧。」殷宇面無表情的回道。

「嗚,你這個惡魔、死沒良心、下三濫!」

柳阿一只差沒拿起手帕含怨的緊咬著,他再次認清自己的編輯個個不是人。

「與其浪費時間用這種小女生的方式回應我,不如好好專心想你的稿子比較實際,柳先生。」殷宇還是不為所動,鏡片下的雙眼都像定格一樣沒有其他眼神。

「趕稿趕稿趕稿的,你如果真有心要讓我好好趕稿的話,這些又算什麼啊!」

柳阿一連忙轉頭看向他身旁的左右護法——人體模型和放在桌上的日本鬼娃娃。把這種東西放在他兩旁,根本是存心要嚇跑他的靈感大神吧!

「不得無禮,他們是佐藤君和小花子,柳先生快向他們道歉。」

「哈啊?」

不得無禮而且還連名字都取好了？

柳阿一再也無法用正常人的眼光去看他的助理編輯了。

「他們在一旁陪伴你，不是會文思泉湧、更有靈感寫驚悚小說嗎？柳先生真不懂佐藤君、小花子和我的用心良苦。」

說著，殷宇將佐藤君——也就是那副人體模型——冷冰冰的手，輕輕的搭在柳阿一的肩膀上。

「夠了哦你給我適可而止啦！」

柳阿一一把推開了人體模型……是佐藤君的手。他深深認為再不遠離殷宇，自己就要被送入精神病院了。

就在柳阿一覺得天要絕他之路，他的手機急急的響了起來，柳阿一想立即接聽，卻被手腳更快的殷宇搶去。

殷宇一接起電話就說：「這裡是枉死城，您要找的柳阿一無法接聽。」

「不要隨便詛咒我死啊你！」

柳阿一大聲反駁，雖然他也差不多在枉死城的路上了。

對於柳阿一的駁斥，殷宇不予理會，但他聽了電話一會後，臉色一變，改口對著通話中的人道：「……我明白了，那現在我允許柳先生起死回生接聽電話，請稍待。」

「這樣玩我很高興是吧……」

柳阿一真是被他的助理編輯打敗了，體無完膚身心都是。

「是自稱邵霓的學生，蔣蔓蔓打來找你的，看樣子她好像發現了什麼不得了的事。」

將手機遞回原主時，殷宇的面色也變得凝重起來，使得柳阿一接到手機就跟著皺起眉頭，用著有些憂心忡忡的語氣道：「蔣蔓蔓小姐，我是柳阿一，請問這麼晚了妳有什麼事要找我嗎？」

「事情是這樣的，我一時間實在不知道能找誰談論這件事……關於邵霓老師，我想你是她的男友，比起我會更了解她也說不定……」

手機話筒的另一頭傳來蔣蔓蔓刻意壓低的聲音，不難聽出她正懷著怎樣忐忑的心情與人對話。

「請直說無妨，邵霓的事就是我的事，妳就放心的跟我說吧，我一定會幫忙妳的。」

柳阿一似乎想給予對方支持的力量，好讓蔣蔓蔓能夠稍微放下心來，認為他是值得信

任的，因此換上了堅定的口吻。

這時，手機裡傳來對方嚥下口水的聲音。

蔣蔓蔓多少猶豫了一會後，便開口緩緩將她今晚聽見的種種異象，包含雷恩失去聯絡一事都告訴了柳阿一。

「竟有這種事……」

柳阿一聽聞大感不可思議，他同樣也無法理解為何練唱途中會有奇怪的咀嚼聲，所以他再次確認的問：「這麼問可能有些不好意思……但關於咀嚼的聲音，妳當真沒聽錯嗎？」

「不，我想應該沒有聽錯，除此之外，我也找不到其他能夠解釋那種聲音的答案……柳先生請你一定要相信我！我、我真的不知道自己該不該這樣懷疑老師……但我總覺得事情沒有老師說的那樣簡單！」

柳阿一聽得出來，通話中的蔣蔓蔓十分激動，聲音之中出現明顯的顫抖，不是出自於激昂的情緒，而是對於未知真相的恐懼。

「……我明白了，關於這件事我會處理，一定會給妳真正的解答。但是，妳和我今晚的通話暫且別讓邵霓知道，好嗎？」

柳阿一先是喉嚨發出低沉的嘆息，再開口時，語氣為了安撫蔣蔓蔓而溫柔許多。

「我答應你，柳先生，這件事就麻煩你……啊，老師從練唱室出來了！」

顯然蔣蔓蔓的話未完，便突然終止了通訊，留下給人無限錯愕與幻想的嘟嘟聲作結。

柳阿一看著已斷訊的手機，若有所思，隨後從抽屜翻出勾魂冊，重新再讀一遍上頭的文字，特別是近期新增的那段敘述，柳阿一反覆看了好幾回。

「怎麼樣？蔣蔓蔓跟你說了些什麼？跟勾魂冊新增的內容有關嗎？」

殷宇湊上前一問，好似只要攸關勾魂冊的事，就能暫且讓他忘了身為助理編輯的職責。

「乍看下雖和勾魂冊新增的敘述無關……」柳阿一對殷宇闡述了蔣蔓蔓的話，然後手指掃過勾魂冊內頁的一行行文字。「但我在想，這些怪事會不會是代表邵霓接受了勾魂冊主人的條件，進而衍生出來的現象？」

勾魂冊上新增不久的那段敘述，不管是柳阿一或殷宇，對它的解讀都是意指「她」為了達到某種目的，而向勾魂冊原主妥協、接納或決定照著對方開出的條件行事。

因此，就算是平常與柳阿一八字極為不合的殷宇，對於柳阿一現在所提出的見解，他也有著同樣的想法。

「如果是，你要如何去證明？」殷宇拋出了他的問題。

「當然是暗中調查了，而且還得藉助你身為前刑警的能力與專業……咱們英明神武的殷宇大人應該不會拒絕我吧？」柳阿一訕訕的笑了笑。

「我是可以答應你，但作為交換的前提是——請你先把稿子準時在明天送印前交出。」

△▽ △▽ △▽ △▽ △▽

一抹陽光從層層雲靄中鑽出，讓白雲與碧澄的天空染上一抹金黃，氣溫也跟著太陽露臉後上升些許，感受到溫暖的鳥兒躍上枝頭歌唱，婉轉動人、清脆嘹亮，萬物充滿蓬勃朝氣，又是美好且充滿活力的一天之始……

除了差點爆肝死在書桌前的柳阿一不這麼認為外。

為了趕在送印前安全交稿的柳阿一，一整夜都未闔眼不打緊，他所剩不多的腦汁也快被榨光，四肢也因長時間被迫坐在電腦前不動而僵硬無力，在他為稿子標上最後一個句號後，他整個人瞬間就像崩塌的土石流般用力的倒在書桌上。

直到現在還像隻死魚一樣沒有動彈。

「我死了嗎……」臉頰側貼在桌面上的柳阿一，兩眼充血、渾渾噩噩的喃喃自語。

「想死還不容易？再將你送入趕稿的枉死城如何？」剛從印刷廠回來的殷宇卸下公事包，冷冷的回應像洩氣皮球的柳阿一。

「惡魔……魔鬼……撒旦……」

「請恕我直言，你的腦袋還有在運作嗎？連罵三個詞都是差不多的意思呢，柳先生。」殷宇走到書桌旁，用指關節敲了敲柳阿一的後腦勺。

「該振作起精神了，柳先生，一晚不睡就變成這樣真枉費你是個年輕人，是誰跟我說好送印後要進行調查的？」

殷宇見柳阿一被敲腦袋後還不起身，乾脆拿出他隨身攜帶的手電筒，另一手撐開柳阿一的眼皮猛然一照。

「嗚哇！你別拿拷問嫌犯的招數對待我啦！」眼睛備受刺激的柳阿一立刻反彈起身，兩手摀著自己的雙眼。

「這樣才能將你這條死魚弄起來，現在你有精神看看我帶回來的東西了。」殷宇說著，邊回過身去打開他的公事包、取出一疊報紙來，接著丟到柳阿一的書桌上。

「嗚……我的地獄生活並沒有因為脫離稿子而結束啊……」

柳阿一細聲抱怨，無可奈何的拿起殷宇帶來的東西，攤開一看。

「少囉嗦，多做事，你現在所看到的這些報紙，都是我趁著你在寫稿還有去送印時搜集來的資料。我想你最近都沒在關心新聞吧？我認為這裡有些訊息你得知道。」殷宇隨意挑了張椅子坐了下來，雙手環抱著胸，口吻不改冷冽的對著柳阿一說話。

「這些報紙裡有我需要知道的事？」

起先柳阿一還半信半疑，但見他翻開報紙中的社會版面時，一道醒目的標題闖入眼簾之中，震驚了他。

他所見到的是一連串聲樂家、合唱團新星連續失蹤的大篇幅報導，其中一人的名字柳阿一似曾相識，他不禁喃喃的照著唸出：「知名男高音雷恩……雷恩？不、不就是蔣蔓蔓跟我提起的那個人嗎！」

柳阿一的腦海馬上回想起來，當時蔣蔓蔓曾說過自從雷恩跟著邵霓練唱一次後，就失去聯絡一事，但奇怪的是，邵霓不是表示過雷恩已到國外深造並非失蹤嗎？那麼，又為何會出現在報紙的頭版上？

「這是最近一個禮拜的報導，因為目前還未傳出這些失蹤名單中有人遇害的消息，所以目前警方可能先朝綁票一線追查。但是，這裡有個人你我都聽過，就是雷恩先生。」

殷宇將柳阿一手中的報紙壓在桌面上，手指點了點上頭標記「雷恩」的人物照片。

「我本來只是想從報紙上的失蹤人口名單中，確認有無雷恩這個人列在其中，但沒想到他的名字會出現在專題頭版報導中。」

殷宇鏡片下的目光很是認真，卻也帶點頗為意外的眼神。

「可是，你怎麼會想從雷恩這方面下手調查？我們不是只想確認邵霓目前的作為是否跟勾魂冊有關嗎？」柳阿一抬起頭來，略感不解的問。

「你說過，邵霓周遭近來的怪異現象，很可能跟勾魂冊上頭的敘述有關，而從蔣蔓蔓那邊聽到一切怪事起源於邵霓和雷恩練唱後，所以我才在想可從這方面著手。」

「也就是說，只要釐清身為源頭的雷恩失蹤一事，就能確認邵霓與勾魂冊之間的關聯了？」

「就是這麼回事，恭喜你的腦袋又開始運作了，柳先生。」殷宇做出輕輕鼓掌的動作，但這看在柳阿一眼底可不是滋味。

「我說你不損一下我是會死嗎……」柳阿一覺得現在不僅是身體無力，連頭也痛了。

「一直以來，我們都只是猜測邵霓就是勾魂冊的敘述對象……但透過接下來的調查，我們終將知道真正的答案。現在，就請柳先生打電話給蔣蔓蔓小姐，確認名單吧。」一如往常再次無視柳阿一的抱怨，殷宇拿起報紙、交給對方，他的眼神很明顯就是要柳阿一馬上行事。

「確認名單？」柳阿一還不清楚對方的意思，困惑的問。

「就是向蔣蔓蔓小姐確認一下，這份報導提到的失蹤名單上的所有人，是否都跟邵霓曾經練唱過。」

「哈啊？等、等等，意思是你懷疑這些人的失蹤都和邵霓脫離不了關係？」柳阿一簡直不敢相信自己聽見的話，目瞪口呆的看著殷宇。

「這是身為前刑警的直覺。」殷宇簡短有力的回答。

柳阿一沉默半晌，蹙著眉頭和緊抿雙脣，躑躅的情緒夾在兩道英氣劍眉之間。深思一會後他嘆了口氣，終於有所行動的拿起手機，重撥回去。

「記得不要太直接詢問，要用套話的方式，懂嗎？」

在柳阿一正等待接通的期間，殷宇提醒了對方。

「喂，是蔣蔓蔓小姐嗎？請問現在方便談話嗎？我有些事想請教妳……」

邊對著手機另一端的蔣蔓蔓問話，邊對著殷宇做出「我知道啦」的OK手勢，柳阿一心想殷宇擔憂的這點真是多餘的，最會應付女人的他怎會不知道如何問話，他甚至想過倘若哪天不寫小說時，還可以來寫本「教你如何和女人說話」這類的工具書。

柳阿一邊拿起報紙看著失蹤名單，與蔣蔓蔓繞了一段圈子後，便開始對照詢問。

一旁的殷宇見著柳阿一隨通話時間拉長而跟著沉下來的臉色，就知道事情果然如他所料——這些失蹤的人，果真與邵霓脫離不了關係！

而柳阿一透過蔣蔓蔓的敘述得知，警方同樣找上邵霓問過名單上這些人的事，但由於

沒有確切的證據以及還未收到任何遇害的消息，警方不過是將邵霓視為最後的目擊者、並無其他動作。

至此，殷宇的注意力都還放在柳阿一身上，但就在這一瞬間，他的眼尾餘光好像瞥見一道青光閃過，他趕緊轉頭看向光源處，卻什麼異狀都沒發現，書桌上只有柳阿一的筆電和那本破舊勾魂冊。

殷宇的目光停留在勾魂冊上，心想：那道光難道會是勾魂冊發出的嗎？

他正想伸手去拿起桌上的勾魂冊，柳阿一在這個時候結束了通話，抬起頭來對他說道：「殷宇，如你所料想的一樣，失蹤名單上的人都是和邵霓練唱過後消失無蹤，邵霓給警方的理由也都各有不同。但就算真和邵霓有關，沒有證據的話，到目前為止都只能算是憑空猜測啊……喂？殷宇？你有在聽我說話嗎？」

「啊，抱歉，剛稍微分了心……不過你方才說的話，我大致知道。」

因為柳阿一的呼喚才將視線從勾魂冊上抽離，回到正與他對話的柳阿一身上，殷宇難得的向柳阿一道了歉。

「居然會分心……真不像你啊殷宇，到底在想些什麼我真好奇……哦哦，該不會是在想哪個女人的事吧？」

柳阿一訕訕的笑著，用手臂撞了撞對方。

「真失禮，我對活體的女人一點興趣都沒有，在我眼中她們比糞土還不如。」

「……真正失禮的是你吧，快向全世界所有活著的女人道歉啦！」眼睛瞇成一直線的柳阿一冷冷的吐槽殷宇。

「話說回來，你想要證據是吧？」

面不改色的把話題拉了回來，這向來是殷宇的絕活。同時，他拿起桌上的勾魂冊，翻開查看。

「怎樣，難道你有什麼好主意嗎？」

對於不理會自己吐槽的殷宇，柳阿一似乎也習慣了。

殷宇將勾魂冊稍微放低後，對著柳阿一推了推眼鏡，鏡片閃爍過一道犀利的冷光，嘴角則含著若隱若現微微上揚的弧度。

「到底是怎樣啦?別給我賣關子了殷宇。」

每每看到殷宇露出這種表情時，柳阿一總會覺得周圍的氣溫頓時下降好幾度，都是因為殷宇的笑容太過冷冽，如刀鋒般銳利。

「就在剛剛你和蔣蔓蔓通電話的時候，勾魂冊又自動新增情節了。」

併攏兩指壓著鏡框鼻橋，反光的鏡片讓人看不出殷宇此時眼神，相較之下站在他對面的柳阿一又面露訝異。

「受我眷顧的靈魂啊，為了她美好而執著的夢，踩在她腳下的，那些必然的犧牲品漸漸疊高，一次又一次的拋棄和焚燒，這天也將迎來下一波的清理……請小心行事吧，我所眷顧的靈魂。」

殷宇的雙眼讀取勾魂冊內頁文字，一字不漏說給對方聽。話音落下後，殷宇抬起眼來，直視著還目瞪口呆無法闔嘴的柳阿一。

「柳先生，以你身為作家對文字的敏銳度，可以告訴我，你從中聽到了什麼嗎？」

「這段新增的敘述……意指邵霓很可能短期內將有所行動？」

「如果勾魂冊的預言沒錯，就是這麼一回事。如何，想知道邵霓究竟要做些什麼嗎？」

「少來，明明你也很想知道，所以言下之意打算跟蹤邵霓對吧？如此一來，也許就能夠找到確切的證據……前提是她真的有所行動，而且還是不法的作為。」

儘管相處的時間不算太長，柳阿一也摸透了殷宇的個性，雖然這傢伙似乎還有其他不為人知的怪癖。

「不愧是柳先生，果然和我想法一致，要是對於稿件準時上交的認知也一樣就好了。」

「拜託你不要什麼都扯到稿子上啦！愛見縫插針的傢伙。」柳阿一不悅的咋舌一聲。

「柳先生，再不快跟上就不等你了，還是說你想讓我一人獨占真相？」殷宇已拎起了他的公事包、走往門口，邊回頭向柳阿一微挑嘴角。

果然，無論何時都看這傢伙不順眼啊！

柳阿一邊想邊匆忙抬起他的步伐，至於即將展開的跟蹤行動，心底即便多少有些鬱悶與不安，但為了釐清勾魂冊的真相，更是為了邵霓，他也得硬著頭皮做下去。

VIII

跟蹤行動

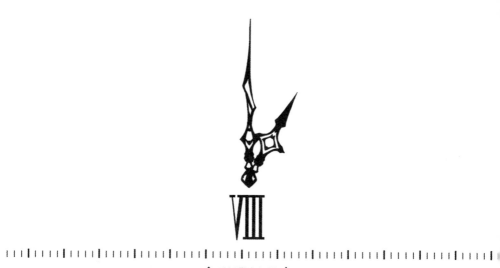

自從發動車子的引擎後，這輛車就持續一整天幾無熄火的運作，身為駕駛的殷宇以及乘客的柳阿一，待在車上的時間從太陽露臉沒多久，一直到現在夕陽準備下山，兩人歷時近一整天跟蹤邵霓下來卻毫無斬獲。

起初先是在邵霓的家門口待著，見她開車出門後就尾隨在後，讓柳阿一有種搞得自己像是徵信社，又或者是對邵霓意圖不軌的變態，心裡對這樣的行為頗有微詞卻不敢言，因為一來他能夠傾訴的對象只有殷宇，頭號怪人一個；二來答應這次跟蹤行動的人也是自己，好面子的他實在無法把心中的不快說出口。

只是跟蹤了一整天，也不見邵霓做了什麼值得人起疑的事，她正常的進出學校教唱、演講座談，或者到音樂廳練唱排演。至於用餐就更不用說了，目前看來邵霓做的任何一件事都十分日常，就是過著她身為一位知名聲樂家該有的生活。

柳阿一開始不耐煩了，他浪費了這麼多時間在做偷窺狂的事，即便邵霓是個美人、很賞心悅目，但待在車子裡看久了也會厭煩，何況他又不好這種事，想想要做徵信社的人還真不容易。

最重要的是，這樣跟蹤真的有意義嗎？

他真的能抓到邵霓的小辮子嗎？

會不會都是自己和殷宇一廂情願，任性的將邵霓貼上跟勾魂冊有關的標籤罷了？

「喂……殷宇……你覺得我們真能查出個什麼嗎？」柳阿一將監視邵霓用的望遠鏡放下，再也忍不住的開口問了。

「耐心點，既然要跟蹤，就要有被磨的心理準備。」一手放在方向盤上，一手拿著另一副望遠鏡的殷宇，冷淡的回答柳阿一。

「你是受過訓練的前刑警，不能拿我跟你加強過的耐性比啦……我不過是個英俊瀟灑努力上進的作家而已。」

柳阿一搖了搖頭，聳聳肩，他果真得不到對方一點的認同，因為對方是世界上最冷血無情的殷宇嘛。

「英俊瀟灑努力上進的作家嗎？原來你還有身為作家的認知呀？我想遠在國外出差的方編輯聽了應該會有所意見，不介意我現在就打越洋電話給他？」

「嗚哇，差勁，居然又搬出阿大來嚇我，你稍微認同我是會少塊肉嗎？」

好歹他的臉也還算上得了檯面，竟然被嫌棄到這種地步！

還是說，殷宇真的是外星人眼光，所以不懂他的帥？是這樣子對吧？柳阿一不停的給自己這般洗腦。

「我唯一會認同你的只有稿子方面，但拖稿的行為不在列。」

殷宇透過望遠鏡，見著邵霓似乎結束一天的活動，在前方不遠處下了車，走回她所居住的大樓之中。

即使沒有拿著望遠鏡，柳阿一也能夠看出邵霓返家的畫面，於是更不耐煩的道：「你看，跟蹤一天下來目標都已回家去了，再這樣下去根本今天白做工，不如讓我再打電話約邵霓出來，找個理由拐她出來後，你再像在遠山農場那次一樣，趁機潛入邵霓的家中，看能不能找出什麼端倪。」

殷宇聞之，放下了望遠鏡，想一會後答：「看來目前也只能這麼做……那麼，就再麻煩你發揮一下引以為傲的男性魅力吧。」

「什麼嘛……把話講得這麼酸溜溜……是是是，我現在就讓你看見邵霓如何拜倒在我手下。」

柳阿一沒好氣的白了對方一眼，便拿出自己的手機，撥打了邵霓家中的電話。

「喂？邵霓小姐嗎？是、是我，今天一天工作下來也累了吧？我找了一家很不錯的餐廳，想必妳會喜歡的……今晚我有榮幸與妳一同共進晚餐嗎？」

手機接通後柳阿一開始掛上了微笑，語氣也瞬間變得彬彬有禮又充滿朝氣。駕駛座上的殷宇則冷眼旁觀，看上去對柳阿一態度的轉變相當不以為然。

「啊，今晚打算練唱啊……這樣呀，那真是可惜了……」

顯然情況不在柳阿一的預料與掌握之中，臉上的神采立刻黯淡下來。旁觀的殷宇則明顯挑起一抹冷笑、推推眼鏡，好似他早就料中柳阿一會有這樣的下場。

於是，柳阿一就在沮喪的氣氛中結束了通話。

這時候，殷宇冷冷的回了一句：「真是怪了，邵霓小姐似乎沒有像你說的一樣拜倒在你手下呢，很簡單就被打發掉了哦，柳先生。」

「少、少囉嗦，這只是偶然、偶然而已！不把女人看在眼底的你沒資格這樣說我啦！」柳阿一忿忿的瞪向殷宇。

至於對方回應他的表情，不外乎冷笑或面癱的撲克臉而已，讓他真是越看越火大。

「不過，你這通電話也不算是白打，甚至可以說是時機來了。」

殷宇又再度話鋒一轉，「還記得名單上那些人都是與邵霓練唱後失去聯絡吧？你剛才說邵霓小姐今晚打算『練唱』……那很可能表示她又找到新的對象。」

「然後，假使這個可憐人在這之後也跟著人間蒸發……那麼，練唱後就是關鍵時刻，倘若邵霓真的對此人做出什麼，就會是今晚行動！」柳阿一接在殷宇之後說道，只有在這種時候他們倆才會莫名合拍。

「你也還不算太笨嘛，柳先生。」

殷宇推了推眼鏡，雖然他的話又馬上引來柳阿一的白眼。

「接下來，就讓我們在邵霓家門前守株待兔吧。」

將頭回正、重新面向正前方擋風玻璃的殷宇，與柳阿一再次進入了等候的狀態。

車內雖無鐘擺，但在柳阿一與殷宇心中都有個滴滴答答、規律響起的聲音，意味著時間正一分一秒的在靜候中流逝。

約莫過了一個小時後，邵霓的身影再度出現在兩人眼中。

柳阿一和殷宇立即拿起各自的望遠鏡，仔細查看她先將車子開入大樓的地下停車場，

又大約過了一會，邵霓才再駕駛著她的車駛離住所。

坐在駕駛座上的殷宇很快的催動油門、小心翼翼的尾隨而去，一路跟緊邵霓的車。坐在車內的柳阿一發現窗外景象越來越荒涼，從滿是建築物和交通設施的市區，漸漸到了空地一片接一片、偶有幾座鐵皮工廠座落的地方。

這麼晚了，邵霓開車出門是要做什麼？目的地又是何處？柳阿一不認為這種人煙稀少的區域，會是邵霓這種單身女子夜晚的歸處。

「殷宇，你知道這附近有什麼地方值得讓邵霓來一趟嗎？」柳阿一問向身旁正轉動方向盤的殷宇。

「正常來說是沒有，這一帶是工業區，入夜後工人都下班了，這裡就猶如死城一樣沒有人跡，所以，不用指望這裡會有什麼娛樂場所可供邵霓這種身分地位的人來玩。」

「那就奇怪了，這附近真沒有什麼特別的地方嗎？」

柳阿一納悶的刮了刮臉頰，目光仍盯著窗外一直刷過的景色，他對這一帶沒有多大的認識，對他來說，沒有女人、沒有玩樂的地方可不會勾起他的興趣，所以他真的無法想出邵霓深夜隻身前來的動機。

在柳阿一提問後，殷宇思索了一下，這才緩緩的答：「如果真要說有什麼地方特產，就只有那個吧。」

「哈啊？」

柳阿一不明白對方在說什麼，直到看見殷宇伸出一指，對準擋風玻璃外的一座大橋。

「方津大橋，是橫跨方津河兩岸的橋梁，工業區兩邊的居民大都靠這座橋往返廠房和住家。」

「哇，殷宇你對這一帶很了解嘛，不過我還是不認為，一座看起來這麼普通、也不是通往觀光區的大橋，能有什麼吸引邵霓的地方。」

柳阿一再次對殷宇的能力感到意外，眼中的這傢伙平常雖然討人厭，卻身懷各種絕技的感覺。

「當刑警的怎能不多了解一下。不過你說的對，就算如此也看不出邵霓深夜前來的理由……前提是邵霓沒有其他不軌的企圖。」

「你這話是什麼意思？」關於殷宇的話，柳阿一蹙起了眉頭。

「直覺，我的直覺告訴我邵霓可能是要……也罷，反正都快見真章了，就讓眼見為憑

的事實來告訴我們正確解答吧。」

殷宇沒有把心中想到的答案說出口，因為過多的猜測雖然有時會命中目標，但對辦案中的刑警來說，卻也是一把雙面刃——被自己的臆測牽著鼻子走到錯誤的方向。

「切，真小氣！居然不告訴我……好吧，我看邵霓好像要停車了。」

柳阿一先是鼓起兩頰埋怨，轉眼則見到邵霓的車已漸漸停靠到岸邊，車燈熄滅。殷宇也趕緊停駛車子，和柳阿一同時拿出望遠鏡看清邵霓目前的舉動。

在他們倆眼中的女主角下了車，她一身輕便寬鬆的運動服，外穿黑色夾克，頭戴一頂黑色鴨舌帽，相當低調的打扮反而讓柳阿一和殷宇起疑，他們都一致認為邵霓不像是會穿這種衣服出外的人。

只見邵霓繞到後車廂，看似要打開，但像是突然想到什麼，改從夾克口袋中取出一副手套匆忙戴上，最後她開啟了後車廂蓋，彎下腰，兩手似乎從車廂中搬起某種物體。

「咚咚、咚咚……」

柳阿一的心臟跳得越來越用力，節拍也逐漸增快，他不知道那是緊張或刺激，但當下正在做的這種事他從未經歷，也許是出自於興奮吧。而他身旁的殷宇可不似他這樣，仍是一如往常的鎮定冷靜、謹慎無表情。

不知是否因車廂內的物體較重的關係，邵霓似乎費了一番力氣才將東西弄出——一個難以判斷裡頭裝了何物的黑色袋子。

就連這個袋子的尺寸也讓柳阿一感到頭痛，以一般日常用品的袋子來比較，邵霓手上的袋子明顯過大，然而要塞滿整個後車廂卻還不夠。但柳阿一能確定的是，內容物絕對是有一定的重量，因為身材纖瘦的邵霓得用兩手抱著、舉步維艱的走著。

那到底是什麼？

柳阿一不大不小的腦容量此刻都被這個問題占據填滿。

他稍微移開望遠鏡、偷瞄一下身旁的殷宇，想從對方的臉上覓得一點答案的蛛絲馬跡，他總覺得經驗豐富的前刑警大人肯定知道些什麼，但殷宇只是默不作聲、專注的透過望遠鏡緊盯邵霓。

自討沒趣的柳阿一只好將注意力移回邵霓身上，見她一步步從停車的岸邊走往河旁，然後一鼓作氣將黑色袋子推入水中。

——邵霓這是在做什麼？

見到這一幕的柳阿一吃驚的睜大雙眼。

難道裡頭裝的是死貓？邵霓打算循傳統讓貓屍放水流嗎？

可是，倘若真是貓，那個袋子未免也挑太大了吧？況且也不至於重到需要讓邵霓兩手抱著、走路困難的程度。

這時，確定黑色袋子沒入河水中後，邵霓拍拍雙手，返身走回她停靠在岸旁的車子，臉上的表情像是了結一件心頭大事般的坐上車，駕車離去。

「走。」

柳阿一還搞不清楚狀況時，駕駛座上的殷宇早已解開安全帶、開門下車，快步走往邵霓丟棄袋子之處。

「喂，你打算幹什麼啊殷宇？等等我！」

柳阿一慌忙的追上前去，在河岸旁幾盞昏黃的路燈照亮下前進，最後和殷宇一起駐足在目的地上。

「我說殷宇啊，你走下來是打算幹什麼……等等，難不成你打算……！」

眼看殷宇面無表情的捲起袖子和褲管，接著將鞋子脫下往旁一擺，柳阿一就瞬間明白對方想做什麼了。

下一秒，只見殷宇走入河中，緊接著一點都不猶豫的就蹲下身去、潛入搜尋。

這個殷宇也太亂來了！

這好歹是條河啊！旁邊還豎立著水深不得戲水的標語！而且還是在如此深夜中，殷宇根本是拿自己的性命當賭注，要是他出了什麼意外該如何是好啊！

在岸上的柳阿一著急的想著，但是過沒多久，這個讓他神經緊繃的疑慮擔憂就化解了，視線內終於出現游回來的殷宇！

殷宇全身濕漉漉的走上岸，一手還抓著疑似邵霓剛才拋棄的黑色袋子。

「喂！你這不要命的傢伙竟然什麼暖身操也不做就跳入河中！要是抽筋了怎麼辦？溺水了怎麼辦？我可不會游泳救你啊！」柳阿一衝上前對著全身濕透的殷宇大吼大叫著，但他眼底其實都是擔心的情緒。

相反的，殷宇只是淡然的放任自己髮上的水珠不斷自眼前掉落，滴到高挺的鼻梁，順沿著臉頰弧度滑下。他挑了一下眉頭看向柳阿一，用著似乎有些故意的口吻道：「柳先生，你這是在擔心我嗎？我好感動。」

「誰、誰要擔心你了！我只是怕自己被當成害你溺水的嫌疑犯而已！」柳阿一聞之愣住，接著繼續用咆哮的聲音怒吼回去。

「不會讓你遇上這種事的，因為我的能力很強。」

「……你還真有臉說啊！」柳阿一立刻感到無言以對。

「先別說這個了，現在要來親眼確認答案……讓我們瞧瞧，邵霓是丟了什麼見不得人的東西。」

殷宇雖然心中有個底，早在他拖著這個袋子上岸後，這熟悉的重量似乎已告知真相，但一切都還要親眼見證才能確定。

在柳阿一嚥下口水後，殷宇應聲扯開了綁緊的袋子，在這黑色塑膠袋裡頭裝的是……

「很顯然的，這是被分屍的受害者。」

在黑夜冷清的河畔旁，殷宇無情的宣判。

殷宇望著塑膠袋中慘不忍睹的一塊塊膚色肉塊，柳阿一可沒他這麼冷靜，光看一眼就覺得自己所有的晚餐都要反胃而出，喉嚨一陣酸辣的衝動，即使他立刻撇頭不看，血淋淋的畫面早已烙印在他腦海深處。

「這個，應該是人類的屍塊，上頭有棕色的毛髮……嗯，我看到了被剁下的手掌，確定是人類無誤。」

殷宇另一手拿出隨身攜帶的手電筒，打燈一看，另一手則隔著塑膠袋翻動裡頭的屍塊，先是染血又潮濕的毛髮，接著是一個關節已經扭曲的手掌，掌心呈現攤開狀，讓人不難想像死前的掙扎與痛苦有多麼煎熬。至於其他部位，殷宇無法在這裡馬上做出判斷，那得將內容物全部倒出才能判斷。

「拜託你別在我面前講得這麼直白……」

柳阿一既害怕又想偷瞄，恐懼和好奇心雙雙左右他的動作，不過倘若這裡頭裝的真是人……邵霓恐怕就是這起分屍案的嫌疑人。

「你不是驚悚小說家嗎？常寫這種場面的你想不到還會怕？」殷宇冷冷的抬起頭來看了柳阿一一眼，又將目光放回袋子中的內容物。

「不、不一樣啦！想像跟真實完全是兩碼子事好嗎？而且這還是一起分屍案啊……」

柳阿一右手摀嘴跟殷宇對話，他當然不想表現得這麼無用像個無措少女，但他畢竟只是寫故事的作者，根本就沒有任何實質經驗。想像和現實總是有一段差距，他現在才發覺這個差距還不小。

即使多不願意面對，柳阿一仍得將思緒拉回現況，問起殷宇：「那現在該怎麼辦？報警嗎？」

「那是一定的，也只有將這袋屍塊交給警方處理，才能知道被害者是誰、死因為何……柳先生你應該明白了吧？邵霓絕不是清白之人了，她很可能就是用這種手法處理了那些失蹤人口。」

殷宇將黑色塑膠袋重新打結，他多少顧及了柳阿一的狀況，不讓柳阿一再看見令人作嘔的景象。

柳阿一臉色沉了下來，見到屍塊的瞬間臉色已先轉為鐵青，聽聞殷宇的話後更加難看，他用著沙啞低沉的嗓音回道：「我知道，我當然清楚這袋屍塊代表著什麼……只是我難以想像邵霓這般纖細的女人，竟會做出如此心狠手辣的事……不過，我還是多少有點期待，想著搞不好人不是她殺的，她不過是共犯而非主謀……」

「確實還無法定論邵霓就是主嫌，但她也絕對脫離不了關係……嗯？」

殷宇想說的話未完，他的注意力就被柳阿一胸膛口袋吸了過去，柳阿一納悶的低頭看去，這才赫然驚覺自己胸前的口袋正發著青光！

「你口袋裡的手機響了嗎？」

「才不是，放在這裡面的是那本勾魂冊！」

柳阿一邊回應殷宇，邊快速的將勾魂冊從口袋裡拿出，冊子才一取出，詭譎的青光便眨眼消失。

「該不會是又新增了什麼內容了吧……」

這還是柳阿一第一次目擊勾魂冊自體發光的異象，他翻開一看，果真就見到全然陌生的敘述片段。

「果真又自動增寫了嗎？上頭寫了些什麼？還不快說嗎柳先生？」

殷宇馬上湊近想看勾魂冊，柳阿一則趕緊回他：「別突然靠過來啦你這水鬼！要是你頭髮上的水滴到勾魂冊內頁該怎麼辦？搞不好新增的文字會被你弄糊耶。」

「那倒是，看來你也有細心的時候，柳先生。」殷宇退了一步，嘴角似笑非笑的微微勾起。

「你到底把我看得有多粗心大意啊先生……關於新增的內容，我唸給你聽吧。」

柳阿一讓自己先鎮定情緒後，緩緩的宣讀勾魂冊內頁文字——

「被蒙在鼓裡的女人啊，她什麼都不明白，這些日子以來的提心吊膽很痛苦吧，所以我在想呀，有什麼能為她解除痛苦的方式呢？啊，就這麼辦吧，就這麼做吧，如此一來，就能為她解開所有的謎團，再也無須為追求真相而飽受煎熬了……」

柳阿一照著上頭的文字逐一唸出後，自己心裡也有一股疑問。

「這次敘述裡頭的『她』……指的好像不是邵霓啊？」把自己內心的猜測說出口，像要徵詢他人的看法似的，柳阿一抬起頭來看向一臉凝重的殷宇。

「……我也這麼認為，因為從它的第一句『被蒙在鼓裡的女人』來看，有計畫性丟棄屍體的邵霓，可不會不知道自己正在做些什麼。」

「那麼，這次勾魂冊裡提及的人又會是誰？勾魂冊應該不會把無關緊要的人牽扯進去才對。」柳阿一拄著下巴，反覆看著泛黃書頁上的文字，思量著。

「提心吊膽、痛苦，以及被蒙在鼓裡……」喃喃自語的殷宇這時突然停止思考，目光直直的瞪著前方。

「這次的『她』，說不定其實是——」

IX

他們，是怎麼死的

回到自個兒家的蔣蔓蔓，提起疲倦的腳步，決定回房補眠。

今天實際上和往常一樣，打工、參加音樂會、獨自練唱，但她不再像以往一樣，當著邵霓老師的跟屁蟲到處奔波忙碌。她知道自己這樣對老師很不禮貌，可是自從在邵霓練唱房內聽到異樣的咀嚼聲後，她還是無法消除對邵霓的疑慮和不信任感。

其實只要老師向自己毫無保留的坦白，蔣蔓蔓相信無論對方說了什麼她都會接受，就似她為了讓老師舒坦心中的鬱悶，她也不惜一切後果的去做某些事，只為讓老師重新振作不再愁眉不展。

可是時至今日，邵霓仍對她有所保留。

她蔣蔓蔓不笨，她當然看得出來跟了多年的老師有事隱瞞著自己，所以她一方面起疑，一方面也覺得很受傷，想不到自己這麼久以來的付出依舊無法換得邵霓的信任。

「……算了吧，還是別再想下去了。」

蔣蔓蔓放棄深究原因，她走到臥房，一摸到床倒頭便睡。可雙眼剛闔上，耳朵就聽見一道熟悉的歌聲。

她揉揉痠澀的睡眼，猜想這是不是自己太累而幻聽了。

倘若她沒記錯的話，這道歌聲……不就是雷恩那獨特的歌聲嗎？

可是……雷恩不是已失蹤多日了？

猜疑之時，蔣蔓蔓所聽到的歌聲剎那間停止了，正當她想鬆口氣之際，眼前卻毫無預警的赫然出現……

唯獨只有頸部被挖空、露出暗紅色的黏稠組織……全身血淋淋的男人！

蔣蔓蔓頓時驚叫出聲，猛然往後一退，床單都被她這一力道弄得向後捲起。她下意識的定睛一看，目光直直的盯著對方扭曲的面容……

「雷、雷恩先生？」

蔣蔓蔓將自己所猜測到的名字叫了出來，但現在也沒法去判斷是否正確，此時此刻她只滿腦子的想著——

為什麼……

雷恩怎會以這種駭人的形象出現在她家中？

失蹤多日的他又為何要來到自己面前？

而且頸部被鑿空的人……根本就不可能還活著啊！

然而，被蔣蔓蔓視為雷恩的男人，即便在蔣蔓蔓出聲後仍沒有任何回應，一味死死的用骨碌碌的眼珠子盯著蔣蔓蔓。

腦袋一片混亂的蔣蔓蔓瑟縮著身子，抓著被單不停的發抖冒汗，那對充滿恐慌的雙眸密布赤紅的血絲。她逼著自己移開視線，卻轉而見到另一張青色的臉孔竟直接貼在她的耳旁！

這個時候的蔣蔓蔓已叫不出聲，因為那張臉她不久之前才見過……

正是她親自介紹給邵霓的布蘭。

蔣蔓蔓就像任憑宰割的獵物，蜷縮在床頭一角，她只能不停的害怕、發寒，根本不知道下一秒會發生什麼事！

突然，眼前的「兩人」發出一陣尖銳刺耳的笑聲，緊接著一道青光衝入蔣蔓蔓的口中！

剎那間只聽聞蔣蔓蔓淒厲的叫聲，倏然劃破寂靜的夜空。

尖叫聲歇後，蔣蔓蔓睜大著充血的雙眼，看著原本在面前的「雷恩」已消失不見，只剩「布蘭」留在原位，歪著頭、咧嘴笑笑的注視著她，她越來越不安，身體卻怎樣也動不

了，就像四肢被釘在牆上，她甚至連彎曲一根指頭的能耐都沒有。

她不知道「布蘭」一直盯著自己看的原因。

而「布蘭」也沒有其他動作，直到其身後開始聚集一道道黑色的身影、步步接近，在這些「人」的模樣都映入蔣蔓蔓眼中後，冷汗涔涔、面色蒼白的她發出顫抖呢喃，口中唸唸有詞的說「不要接近我」，但事與願違。

「還記得我們嗎……蔣蔓蔓……」

當一張張蔣蔓蔓見過的臉孔都聚集在她面前，且其中一人對她開口說話後，她瞬間崩潰了，她大聲哭嚎、大聲求饒，可是顯現在眼前的每張面孔連眼都沒眨，各個面懷憎恨、憤怒、不甘和哀怨的神色，繼續向蔣蔓蔓逼近。

「不……不是我……我什麼都不知道……我什麼都不知道啊！」

眉頭都擠在一塊，淚水已弄濕整張臉，害怕極了的蔣蔓蔓只能重複說著這句話，她真的、真的不曉得這些人發生了什麼事，唯一的頭緒便只有她曾接觸過他們，在他們失蹤之前、與邵霓練唱之前。

「不知道……？」

「布蘭」用手輕輕的撫上蔣蔓蔓的右頰，蔣蔓蔓只覺對方的手貼上的瞬間，一道冷意襲來，簡直是寒徹心扉的程度。

「不要緊的……不知道也沒關係的……」

「布蘭」的語氣很溫柔，就像當時蔣蔓蔓所見到的那個羞澀的小男孩，柔柔軟軟的口吻，可現在聽來莫名可怕。

「布蘭」將另一手也覆上蔣蔓蔓的左頰，徹底包裹住對方的臉。蔣蔓蔓頓時有種被冰凍的感覺。

「就讓我們來告訴妳……」

「布蘭」的拇指輕輕掃過蔣蔓蔓的咽喉部位，冰冷的觸感讓蔣蔓蔓渾身一顫。

「我們，是怎麼死的。」

話音落下，「布蘭」放在蔣蔓蔓頸上的指尖猛然劃下，當場出現一條怵目驚心的血痕，蔣蔓蔓放聲尖叫哭嚎，但「布蘭」的手指只是一遍又一遍的劃下，鮮血四濺噴出，其他環繞在旁的身影也湊到蔣蔓蔓身旁，跟著一起劃開、扳開那已被鮮紅染遍的頸子。

蔣蔓蔓再也叫不出聲了。

她瞪大死不瞑目的雙眼，表情扭曲，最後一滴淚水自她眼角滑落，像是在悲嘆著自己遭逢的命運，帶著殘酷的真相結束自己的一生。

△▽　△▽　△▽　△▽　△▽

在燈光昏暗的方津河岸旁，警方布下一條條黃色的警示線，身穿標有反光標記制服的警察們在棄屍現場來回忙碌穿梭。

「這裡就交給你處理了，孫警官。」殷宇對著剛來到現場的孫景禮說道。

他還是和之前一樣，面對孫景禮的時候總讓柳阿一這旁觀者看得很是納悶，他猜孫、殷兩人之間好似有過什麼嫌隙，殷宇則是特別讓他在意的一方，殷宇對孫景禮的態度比起他人更加冷淡、保有一段距離。

「這次又是你們報的案啊，看來即使你不再做刑警，案件還是喜歡繞著你轉，殷宇。」

孫景禮說這段話的時候，有些似笑非笑，他厚實的掌心想拍拍殷宇的肩膀，卻見對方明顯的閃身避開。

果然這兩人之間有過節！看到這一幕的柳阿一心想。

「請您別再浪費時間說無意義的話了，孫警官，請務必查明死者的身分和早日破案。」語畢，殷宇轉身就走，

孫景禮看似想出聲叫住他，這時候殷宇又回過身，先發制人的道：「我再一次告訴您——現在我已不是您的下屬，請別隨意對我發號施令，孫警官。」

殷宇冷冷的直視對方好一會，其中似乎有著旁人無法看清的複雜情緒；孫景禮亦是，他注視殷宇的目光中同樣有著相近的眼神。

柳阿一真的是越來越好奇了，殷宇過去究竟歷經了什麼？只是他認為自己好像沒有權力過問。

「走，別浪費時間在這裡。」

殷宇終於轉過身去，低聲對著柳阿一說話，他的腳步也言行一致的快速走動。

「哦、哦哦，好的。」

柳阿一有些愣住，隨後趕緊跟上殷宇的步伐。

「柳先生，你那是什麼反應？難道你忘了還有更重要的事嗎？」

「啊？更、更重要的事？」跟著殷宇逐步走離棄屍現場的柳阿一，被殷宇問話後又僵了一下。

殷宇嘆口氣，推了推眼鏡，顯得無可奈何的說：「就是勾魂冊後來新增的內容啊，柳先生。你不是說，這次新增內容裡提及的『她』，很可能就是邵霓的學生蔣蔓蔓嗎？」

「對哦！我差點就忘了這回事！我還是趕快打電話給她，確認一下她的狀況。」

猛然想起這件事的柳阿一拿出手機，對著標示蔣蔓蔓的聯絡人姓名按下通話鍵，等待接通的答鈴音樂十分優雅，其中的女聲讓柳阿一很耳熟，想了一會這不就是邵霓曾經演唱過的曲子嘛！只是讓柳阿一比較在意的是，音樂播了這麼久卻還未接通……

他開始有些擔心起蔣蔓蔓的現況了。

「還沒接通嗎？」殷宇問向柳阿一。

柳阿一點點頭，「以前都沒這麼久不接電話的……而且我也告訴過她，說要幫她調查一下邵霓的事，照理來說她要是有空，一看到來電顯示者是我的名字，應該會馬上接起來才對。」

「……那就表示，蔣蔓蔓現在的處境可能值得我們擔憂了。」

殷宇加快腳步，很快的坐上他們的車，柳阿一也一副心事重重的神情進到車內。無須多說，柳阿一知道殷宇現在開往的地點就是蔣蔓蔓她家，車子引擎發動後，油門就被殷宇用力的踩下。

但願蔣蔓蔓別發生什麼事才好……

無論是柳阿一還是殷宇，都是這般祈願的想著。

在殷宇近乎飆車、橫衝直撞的驚人駕駛下，他們很快從近郊的工業區回到市中心，最後煞車在蔣蔓蔓的家門口前。至於他們是如何知道蔣蔓蔓的住家，得多虧柳阿一在這之前曾向蔣蔓蔓套過話。

「叮咚。」

柳阿一和殷宇下了車後，按下蔣蔓蔓住家的門鈴，雖有想過這麼晚了還來人家家裡打擾，似乎有些失禮之處，但現在滿懷擔憂的柳阿一可不管這麼多。

「叮咚叮咚。」

第一次門鈴響過後許久未回，柳阿一再次連續按了門鈴，回應他的卻好像永遠只有寂靜無聲。

柳阿一和殷宇互看一眼，這時候殷宇上前轉動門把，發現大門是鎖著的，並沒有被外來者入侵的跡象，但他為了更進一步確認，從自己的口袋中拿出一個迴紋針。

看著殷宇開始用迴紋針試著打開門鎖，在旁的柳阿一不禁感嘆：「看來你就是那種靠一個迴紋針開遍天下門的人啊。」

殷宇沒有回應他，只因這時門鎖已被打開。

兩人一前一後走進屋內，走在最前頭的殷宇隔著手帕開燈查看，柳阿一見他搜尋了一圈後，帶著什麼也沒發現的表情走了回來。

「蔣蔓蔓不在家中，室內也沒任何打鬥的跡象……但直覺告訴我，事情沒那麼單純。」

「確實是不單純。」柳阿一回應殷宇的同時，伸手進自己的衣內搜尋。

「勾魂冊似乎又新增內容了，這是今天的第二次。」手上拿著散發青光的勾魂冊，柳阿一對著殷宇道。

△▽ △▽ △▽ △▽ △▽

日復一日，據邵霓所知，她的學生蔣蔓蔓已十天未出家門。

這天早晨，邵霓擔憂的來到她家，想了解自己唯一的學生到底怎麼了，那個總愛繞著自己打轉的蔣蔓蔓怎會像是人間蒸發，對平時樂在其中的事情不聞不問。

站在蔣蔓蔓家門前的邵霓敲了好幾次門，裡頭卻一點回應也沒有，她心中的不安因此越積越多。

「蔓蔓妳在家吧！老師拜託妳開門好嗎？」

邵霓猛敲著門，著急的叫喚。

終於在她不停的呼喊下，門應聲緩緩開啟……

邵霓稍微探頭一看，門內的光景竟是昏暗得伸手不見五指，她接著走進房內，打開了左手旁的電燈，光芒一照下，地面是一片零亂，被撕爛的歌譜像小山丘般散落一地，而屋子的主人則僵著身子佇在客廳的中央。

「蔣蔓蔓……？」

邵霓驚駭的倒抽一口氣，不敢置信眼前所見。

此時的蔣蔓蔓，頭髮亂得像團毛球、衣衫也不整，慘白的臉上毫無血色，眼圈似膽汁般墨黑，即使邵霓呼喊，她仍僵在原地痴笑，頭側歪、張著嘴，露出泛黃的牙。

「老師，我都知道了喔……」

蔣蔓蔓神情詭異的歪著頭，視線直直盯著她的老師邵霓。

「妳在說些什麼啊？蔓蔓？妳……還好嗎？」

邵霓不明白的皺起眉頭，她一步步悄悄的走近自己的學生。

「呵呵……老師您別再佯裝了哦……我已經知道了……是您殺了和您練唱的人。」

蔣蔓蔓話至此，朝她接近的邵霓止住了腳步，表情明顯一愣。

「妳、妳到底在胡說八道什麼？別以為妳是我的學生就可以這麼肆無忌憚的說這種話！」回過神後的邵霓像被惹惱了，口氣開始變得不友善、責備起她的學生來。

「老師啊……我說過，我什麼都知道了呀……您與他們在練唱時，就是犯案的時機喔……您怕我起疑，還事先錄下他們的歌聲，殺害對方後再播放，讓我以為他們人都還在……最後再去收拾他們的屍體，把這些可憐人被丟棄到冰冷的河中……您說是不是這樣子呢？邵霓老師？呵呵呵……」

蔣蔓蔓對著邵霓冷笑，從她微微張開的口中發出一股酸臭味。

「我、我不准妳這般胡說！才沒有的事！」

驚訝的邵霓愣愣的往後退，不敢相信蔣蔓蔓會對自己說出這些話！

「別再騙我了喔……親愛的邵霓老師。我還知道……您必須……才能維持音色，對吧？」

蔣蔓蔓中間的一段話聲音突然變小，可邵霓卻認為對方已明白她的做法——她殺害這些人的理由。

邵霓這下子完全說不出話來，她只能愣愣的看著面前的蔣蔓蔓繼續痴痴的笑著。她不懂，自己明明處理的近乎完美，為何蔣蔓蔓會知道的這麼清楚？

她的疑惑，直到蔣蔓蔓親口告訴她——

「這些，都是雷恩、布蘭他們告訴我的喔……」

蔣蔓蔓又低笑幾聲，冰冷的語調使人毛骨悚然。

反觀邵霓，又驚愕得說不出話。

的確……她非得獲取某樣東西才能維持音色，但蔣蔓蔓真的是從……雷恩和布蘭那邊取得的消息嗎？

可是……

那些人，不是早被她親手殺死還丟入河裡了嗎！

「老師……我所敬愛的邵霓老師啊……」

蔣蔓蔓抬起腳尖，一步一步走向愣在原地、面色難看的邵霓。

「快來殺了我取得您想要的吧……您不是靠這樣維持的嗎？」

△▽ △▽ △▽ △▽ △▽

「啊——！」

一道驚魂的叫聲，來自猛然從床上坐起的邵霓口中，她氣喘吁吁的看了看四周，確定自己仍身在家中，身邊也無半個人影後，終於鬆了一口氣。

「是夢啊……」

邵霓扶著自己沁出冷汗的額頭，嚥下一口口水，此時的她內心有多慶幸自己不過是做了一場噩夢，而不是真實的上演，否則她真不知道該如何是好……

都怪那樣的夢境太過可怕。

看一下擺在床頭櫃上的時鐘，現在已是早上九點，她比往常睡晚了些，況且還是伴隨著噩夢驚醒，感覺實在太糟了。想想今日似乎也沒什麼特別行程，她決定倒頭再讓自己補個眠時，家中的電話響了起來。

「到底是誰啊……」

很不甘願的從床上起身，讓自己的雙腳下了床，邵霓走向放置電話的地方，一手接起話筒、另一手不耐煩的扠在腰上。

「喂？是邵霓老師嗎？」

電話另一頭傳來的聲音頓時讓邵霓愣了一下，因為她想起了還在腦內揮之不去的那個噩夢。

「邵霓老師？您在聽嗎？」

電話那端的聲音又重複問了一次，這時候邵霓才猛然回過神來、回應：「啊，我、我在聽，妳打來找我有什麼事？」

邵霓覺得自己實在很可笑，不過是做了一場什麼意義也沒有的惡夢，就對蔣蔓蔓的聲音起了恐懼及心虛，真是一點也不像平時的自己。

「是這樣的，我是來提醒老師，今天晚上八點有一場音樂會，您別忘了要到場啊。」

「等等，今天晚上八點？什麼音樂會？是誰的音樂會我非得去啊？」

她好歹也是個頗具地位與知名度的聲樂家，若是那些不入流或自己看不上眼的演出，她邵霓是絕對不會去的。

「您在說些什麼啊，當然是您自己的音樂會啊老師！今晚八點，有個您早就答應要演出的音樂會啊。」

「我的音樂會？我什麼時候有排定這個時間的演出了？」

邵霓不敢置信的眨了眨眼，她將電話筒拿得更貼近耳朵，一臉困惑。

「老師您真是貴人多忘事，今晚這場可是有許多重要來賓參加的音樂會，多少人是慕您的名氣而來，而且這次的商演啊，不去可不行呢，一來酬勞比以前任何一場演出都高，二來是門票已全數賣出，您可不能臨時放鴿子啊。」

透過話筒傳來蔣蔓蔓的說明，邵霓雖然半信半疑，但她相信跟隨自己多年的學生不會騙她，況且搞不好真有這回事，只是自己近來太多雜務而遺忘罷了。

所以邵霓想了一會後，便答：「我知道了，今晚的音樂會我會去，妳快告訴我哪一間音樂廳吧，我總要拿捏演出前的練唱時間和交通時間。」

「是，那麼以下就是您要的答案……」

蔣蔓蔓把地點告訴邵霓後，又補上了一句：「老師，今晚的演唱會您可要準備妥當呢，說不定這就是您人生中最棒的一場演出哦！大家都會看得見您的努力與付出呢，您可要好好把握。」

「這還需要妳這個未出世的徒弟來跟我說嗎？好了，我被妳吵起來後還沒刷牙洗臉，我要掛斷電話了。」

邵霓也不管蔣蔓蔓是否還有話要說，就擅自掛掉了電話。

她向來對誰都是這般我行我素。她認為蔣蔓蔓早就習以為常，因為她那唯一的弟子，可是付出多大的努力才掙得今日的學生之位。

「今天晚上八點嗎……」

邵霓邊走向浴室，邊喃喃自語。可她腦海內仍存有今早的惡夢殘影，像寄居在她腦葉裡的螃蟹，隨時都有可能再重新爬出、剪她一刀。

X

一切都為了您

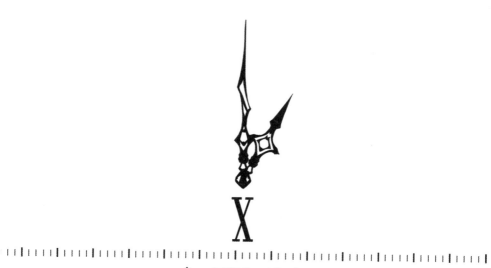

為了讓今晚八點的演出更臻完美，邵霓一天下來全神貫注在練唱、調整狀態，以及喝著自己親手調配的潤喉熱飲。

她摸了摸戴在頸上從不離身的項鍊，輕壓著自己的喉嚨，心想著沒問題的，今天的狀況還不錯，不久前才剛獲取新的「試用品」——實際上已不是試用品，而是靠著自己這雙手掙得的產物，足夠讓她今晚的表演不出任何差錯，絕不會讓重要的來賓聽見不堪入耳的歌聲。

雖然這陣子警方似乎對她有所動作，她也察覺到了，但目前為止應該都處理的很好，畢竟那些人都還未被找到，不是嗎？

所以她要好好靜下心來，只要全神貫注在演出上、什麼都不要去想，這樣就夠了，這樣就對得起首席女高音之名了。

站在家中陽臺落地窗前的邵霓稍微掀開窗簾，外頭陰冷的月光透了進來，無邊無際的黑色天暮籠罩整個大地，今夜的各家燈火似乎少了許多，難道有什麼節日讓這些鄰居們都狂歡去了嗎？

啊，也許都是在前往她即將登臺演出的音樂廳路上呢！

邵霓抹上朱紅色的雙脣微微上揚，志得意滿。

「敬——今晚的演出完美落幕。」

邵霓舉杯向月。

她知道，她明瞭，再也沒有比今天更棒更好的狀態了。

她甚至可以自信的說自己的歌聲能傾城傾國，所以就讓她來擄獲這些人吧，用她那付出許多努力換得的天籟之音。

啜了一口杯中如血色的紅酒，邵霓放下留有她紅色脣印的高腳杯，拎起她的昂貴皮包和黑色皮革，穿上她最漂亮也最喜歡的紅色高跟鞋後，邵霓臉上洋溢自信的走出住家，門扉上鎖。

闔起門來離去的邵霓並不知道，在熄滅燈火的陰暗屋中，出現了一道面目可憎的青色人影。

那人影用著入骨的眼神，直直的盯著闔上的門……

△▽ △▽ △▽ △▽ △▽

開著自己的高級房車來到演出地點，這座音樂廳還是邵霓第一次到來，過去她還從未聽過這附近有一間音樂廳。

方津河一帶在她記憶中都是落後、鮮少開發、到處是空地的工業區，何時建了今晚她要登臺的演出場地呢？

邵霓實在想不出來，但她也沒多想下去，只給自己一個合理的解釋，猜著也許是新的土地開發吧，搞不好這一帶不久之後就要重新規劃成新的住宅區，音樂廳先蓋下去大概是為了提升未來買家的購屋意願。

雖說如此，但周圍還是沒什麼人車，她越開越覺得人煙更為稀少，一度懷疑自己是不是走錯方向了，可對照車上的導航系統又無錯誤，邵霓還是半信半疑的繼續前進。

不然先打給蔣蔓蔓確認看看好了，過去演出前都是蔣蔓蔓先到場地勘查、在休息室內替她打理需要用上的飲水或配備，現在應該人早就在那邊等候了。於是邵霓拿出包包裡的手機，按下設定好的快速撥號鍵。

手機另一頭傳來自己的歌聲，對方來電等候音樂一直是邵霓曾錄製的曲子，邵霓早就

聽習慣了，唯一不習慣的是等候時間。

為何蔣蔓蔓過了這麼久都還未接通？

以前只要是她一打過去，蔣蔓蔓總會第一時間、響不到三聲就馬上接起來，今天音樂都已重播兩遍，仍未有任何回應。

「這個蔣蔓蔓在搞什麼啊？」

邵霓按下停止鍵，一臉不悅，隨後將手機丟回皮包內，繼續兩手握上方向盤開車。

不不能因此生氣，不能因此破壞自己的情緒，演出前的情緒飽滿平和相當重要，邵霓不斷這般告訴自己，像洗腦一樣。對此很有經驗的邵霓很快的靜下心來，只是她心頭上的疑惑仍存，不過暫且將之按下吧。

「就是這裡吧……」

車子慢慢減速的同時，邵霓看著立於眼前的偌大建築物，如她所預期的一樣，是座相當新穎又氣派高雅的音樂廳，白色的牆面上看起來十分乾淨，從廳內射出的燈光也相當明亮，似乎真如她所猜想的一樣，是新蓋好的吧。

雖然她對於音樂廳周圍僅有樹木和草地卻杳無人跡的情況有些意見，也沒有一座良好的停車場，讓她只能隨意將車停在路邊與草叢堆比鄰，但邵霓還是很快的改換心態，一心一意只想著自己待會的演出內容，便踏著她的高跟鞋進到今晚演出的場地中。

一進到廳內，沒有人來迎接她，更看不到蔣蔓蔓的身影，可是當她瞥見了觀眾席上座無虛席時，著實有些吃了一驚。因為現在距離演出還有段時間，觀眾卻已幾乎全數到位，讓邵霓很是意外，心想著這些觀眾恐怕是真的很期待她登臺，迫不及待想聆聽她的天籟美音吧？

看到這一幕的邵霓心情頓時好了許多，也暫且不管為何沒人迎接與周圍設施不佳等問題，她憑著之前蔣蔓蔓傳真過來的場內位置平面圖，走向後臺。

見到一房間的門上掛著「休息準備室」的牌子，邵霓推門而入，赫見蔣蔓蔓的背影出現在其中。

邵霓先是嚇了一跳，但很快的平復情緒，對著似乎還未發覺她到來的蔣蔓蔓道：「蔣蔓蔓，我剛剛打電話給妳，妳為何沒有接？」

這時，背對邵霓的身影緩緩轉過身，邵霓這才看到對方的脖子上纏了層層繃帶，氣色也比以往都還要慘白。

「蔣蔓蔓……妳的脖子怎麼了？受傷了？」

對方還未回答前一個問題時，邵霓又問了下一個，畢竟蔣蔓蔓是跟在身邊多年的學生，她多少會關心。

「啊……這個啊……」

蔣蔓蔓的手移往自己的頸部，修長的指尖輕輕觸碰繃帶纏繞最多之處。

「是為了……老師您而準備的哦。」

蔣蔓蔓微微的笑開。

邵霓從不知道對方咧嘴一笑的模樣會讓人不寒而慄，但真正讓她整顆心都懸起來的，是蔣蔓蔓的話語。

「妳、妳在胡說些什麼啊？是不是吃了什麼藥讓妳胡言亂語？如果是這樣，今天就別在這裡了，以免給我添亂子，快給我回去休息……！」

先是一愣，接著又板起臉來對蔣蔓蔓說教的邵霓話還未完，蔣蔓蔓就突然走上前來，拉起邵霓的手。

「老師，要開唱了呢……所以……」

蔣蔓蔓將邵霓的手拉到她纏滿繃帶的咽喉前。

「來吃我的聲帶吧——您不是都靠這維持的嗎？」

蔣蔓蔓吐出聳聽的言語，神色絲毫未改，詭異的氣氛籠罩在兩人之間。

邵霓則驚愕的睜大雙眼、完全說不出話來，她不僅訝異於蔣蔓蔓怪異的行逕，更意外眼前的這個人居然知道自己維持歌聲的方法！

可是這也無法解釋，為何蔣蔓蔓如此突然的叫她去吃自己的聲帶？

她到底在想什麼？！

「老師，我的歌聲……比其他妳所食用過的都還要動聽哦……您聽聽……」

蔣蔓蔓提起腳步，走近目瞪口呆的邵霓，將唇貼近對方的右耳。

「奇異恩典何等甘甜，我罪已得赦免。前我失喪今被尋回，瞎眼今看得見……」

蔣蔓蔓平時的音色雖不差，卻仍與專業水平有段明顯的距離，可此刻聽在邵霓耳中，卻忽而變成比自己本身還要清脆、柔美高亢的天籟！

邵霓詫異不已，心想蔣蔓蔓的聲音怎會一時間變得如此動聽？

但是這樣也好——

這樣正好——

「蔓蔓啊……」

掌心輕輕的包覆住蔣蔓蔓的頸子，邵霓溫柔的呼喚，但就在下一秒，邵霓臉色一變，兩手用力的掐住對方頸子。

「既然如此，老師就要吃下妳的聲帶、殺妳滅口了！」

邵霓無預警的撲向蔣蔓蔓，她牽制住蔣蔓蔓的行動、壓倒在地，然後張開血盆大口，飢渴的用牙齒撕扯開對方的繃帶！然而繃帶一解開，就見蔣蔓蔓的傷口竟是呈現裂開可見骨的程度！

現在的邵霓才不管這是怎麼回事，她想如此更好，她更可以不費力的得手，於是她徹底用牙齒咬開蔣蔓蔓的頸部外皮，並用犬齒往下深入、用力扯咬蔣蔓蔓的頸肉。

她將長舌伸入肉中，探尋所要之物，最後她找到自己所要的、並吞下之後，臉上露出愉悅的神情。從蔣蔓蔓頸動脈噴出來的血水，將邵霓美麗的臉龐染得一片鮮紅，咀爛的肉塊就黏貼在她再鮮紅不過的唇角旁。

數分鐘後，邵霓停下啃食，推開懷中已無氣息又渾身冰冷的蔣蔓蔓，忙著舔淨十指上的血漬。

蔣蔓蔓的屍體就這麼橫躺在地，頭部側彎著、瞳孔瞪大，染滿血的頭顱因連接身體的脖子已斷而滾落在一角。

目的達成的邵霓，心滿意足過後準備要毀屍滅跡，一心想著今晚的演出肯定更加完美，但突然間，她的雙手不聽使喚的掐住自己脖子，她越是掙扎，雙手就勒得越緊，她快不能呼吸了！

「咳、咳咳！誰來、誰來幫幫我……誰來……！」

下意識想求救的邵霓並不知道，她所身處的這間休息室有隔音效果，根本就傳不出她即將斷氣的呼喊。

缺氧的邵霓臉色漸漸轉紫，倒在流滿血泊的地上，面朝蔣蔓蔓的屍首。

在意識彌留時分，邵霓似乎隱約聽見了……

來自雷恩和布蘭那瘋狂、淒厲的笑聲。

△▽　△▽　△▽　△▽　△▽

同一時間的另一個地方，柳阿一正搭乘殷宇的轎車，急催油門殺往勾魂冊所指出的目的地。

「你確定會是這種地方？」

柳阿一先低頭看自己手上的勾魂冊，再抬起頭來問向駕駛座上的殷宇。

「與其在半路上質疑我的推測，不如幫我查看附近有無可疑的建築物。」

殷宇開著車，從他說話加快的口氣來看，事態似乎十分火急，柳阿一只好乖乖閉上嘴，忙著隔窗觀看尋找。

事情會演變成這樣，得追溯到昨晚。

當他們到達蔣蔓蔓家中卻見不到人時，勾魂冊再度乍現青光、自動增寫新的片段，他們倆翻開一看，就見上頭寫了這麼一段文字——

她拖著創傷的身體回到那個人身邊，回到所眷顧的靈魂身旁，就只為帶給那個人一場再美好不過的回憶，畢生最棒的演出，亦是最後的一場演出。再過不久，夜晚再度降臨之時，我所眷顧的靈魂啊，就將在烏煙瘴氣鋼鐵廢棄的音樂廳中，上演最終的絕唱。

因此兩人初步推測，若是「所眷顧的靈魂」與「她」分別指的是邵霓和蔣蔓蔓，夜晚再度降臨之時——也就是隔日晚上，兩人都會有喪命的危險。

只是，讓柳阿一想不透的是，為何音樂廳會用「烏煙瘴氣鋼鐵廢棄」來形容？

他利用一天的時間，在電子地圖上找尋鄰近所有的音樂廳，就是沒有一個吻合這種形容詞的場所。

而正當他想破頭的時候，他那位身為前刑警的助理編輯便擅自決定了某個地點，認為那裡很可能是邵霓會前往的音樂廳。

只不過柳阿一到現在仍不明白，殷宇為何會以為……

方津河附近的工業區一帶會有音樂廳存在呢？

在這種地方，根本就不會有什麼藝文建設。

他為此還透過關係去詢問在都市規劃局裡的友人，方津工業區是否未來會有音樂廳的預定興建，然而答案非常清楚明瞭。

「我從一個公務員口中問到很可靠的消息，這一帶根本沒有音樂廳，就連預定地這種地方都沒有，所以哪來的音樂廳可讓邵霓表演啊？」

「正常來說確實如此，但是柳先生你似乎忘了，邵霓本身就是個不合乎正常的事，更何況還有勾魂冊這種物品的存在，你必須要拋開常理的判斷。」

殷宇眼神專注的放在前方，不忘搜索可能的目標，同時回應了柳阿一的問題。

「哇，你這話是從人間警察變成鬼界還靈界警察的意思嗎？我真該為你寫一套全新系列的驚悚小說呢。」

柳阿一咋舌驚嘆，不過實際上他也不得不認同對方的理論，畢竟現在可是人命關天，無論用何種方法或管道，只要最後推測成真，成功救出人來比什麼都重要。

「是說……烏煙瘴氣鋼鐵廢棄的音樂廳……指的會不會是這個呢？」

這個時候，柳阿一的眼神無意間掃過一座鐵皮工廠，看上去占地面積頗大，但招牌和周圍都散發出被棄置的氣息，遺留下來放在外頭的器具都已生鏽，外圍更是雜草叢生。至於烏煙瘴氣，只要是位處於工業區都很難不聞到吧。

「看來似乎就是這裡了。柳先生，不得不說有時候你的眼力比我好。」

「這是讚美嗎？如果是的話我就收下了。」

柳阿一邊回應正在停車的殷宇，同時自己手上的工作也沒放下——他正忙著將預備好的鹽彈裝進手槍之中，自從有了遠山農場的前車之鑑，只要是對上勾魂冊的事，他都需要做足如此準備。

「你高興就好。但也別高興得太早，人都還沒救到呢，柳先生。」

殷宇從腰間拔出配槍，確認彈匣裡頭已事先填滿了鹽彈，流暢的手法讓柳阿一稍稍看呆，畢竟對男人來說，會耍槍弄刀的傢伙若不是壞人，那就是英雄——柳阿一不得不承認殷宇是後者。

兩人下車後，很快就發現另一輛車已先停泊在草叢旁，柳阿一一眼就認出那是邵霓的座車，曾經身為一整天的跟蹤狂可不是白當的。

「邵霓已在裡面，不知道進去多久了……但是，她難道不會覺得很奇怪嗎？如果她是為了來音樂廳這樣的地方，先不說周圍的環境，當她看到這座鐵皮工廠後就知道不是這麼一回事吧？」

柳阿一邊持槍環顧，邊低聲詢問走在前方的殷宇。

只要跟在殷宇的身邊，他心底多少就有些踏實安全感，因為對方曾是個不折不扣受過訓練的刑警。

「我說過，面對勾魂冊提及的一切都不能用常理判斷，雖然看在我們這些旁人眼底，這就是一間明顯被棄置的鐵皮工廠，但看在邵霓，又或者是蔣蔓蔓這些被勾魂冊提及的人的眼中，或許就像閃閃發光的音樂廳。」

邊說著，走在前頭的殷宇已來到工廠門口。

斑駁的鐵製門扉已有被打開的跡象，殷宇向後頭的柳阿一比了一個噤聲手勢後，用槍口抵在門面上，輕輕的推開沒有完全闔起的鐵門。

門一開，殷宇立即竄了進去，轉動身子快速讓槍口掃過周遭，同時也靠著外頭透進的月光審視環境。在確認無其他的危險後，他背對著身後的柳阿一低聲道：「Clear，你可以進來了。」

柳阿一嚥下口水後跟著踏進工廠中，心想真不愧是刑警出身，連視察敵情的言行舉止都十分正統。

雙雙進入昏暗的鐵皮工廠後，殷宇繼續潛入搜查，他先發現左手邊又有一道門，同樣也微微半掩、像是有人曾打開過。殷宇舉槍走近，透過門縫偷偷觀察，這時映入眼簾的畫面是一片空蕩。

這麼大片的區域，可能是以前工廠的作業員們操作機器的工作地帶，現場還留有一張張生鏽的椅子，以及擺在角落的廢棄機械，由於久未有人跡，這塊區域散發著一股像是發霉的味道。

殷宇已在腦海很快的做出這些判斷，身後的柳阿一則探頭過來問：「怎麼?有發現什麼嗎？」

「不，不過是荒廢的作業區罷了……」

殷宇轉頭回話時，卻看見柳阿一露出相當不對勁的愕然神情，他納悶的問：「不過是荒廢的作業區，裡頭什麼也沒有，有需要這麼恐慌嗎？」

「你說什麼都沒有？」

柳阿一不敢置信的轉眼看向殷宇。

「可是，我明明就看見大概十來個人出現在裡頭啊！」

柳阿一的聲音不禁帶點顫抖，一來是因為見著了一批人，二來是這群「人」殷宇竟然沒看到……

「你說什麼？」

這下連殷宇也驚訝的睜大眼，他馬上轉頭再朝柳阿一所說的地方看去。與剛才的情形一樣，他什麼人影都沒見到。

「見、見鬼啦……真、真的是見鬼了啦……」

柳阿一的呼吸聲開始變大、變急促，可他仍然努力的壓抑自己別像少女一樣放聲尖叫，他可不想在殷宇面前丟臉，更不想因為自己的尖叫而拖累對方，造成不利的情勢。

反觀殷宇臉色一沉，思索一會之後，做出了目前現況的結論：「第一，你看得見而我看不到，那麼裡頭你所見到的『人』確實是鬼；第二，表示你有陰陽眼而我沒有，這下可真是麻煩了。」

「哈啊?我、我有陰陽眼?可、可是我記得以前都沒有這種情況過啊!就算我記不得失蹤那一年的事，我過去是怎樣的人，我自己還算清楚呀!」

柳阿一再次受到了不小的衝擊，目瞪口呆的看著殷宇。

自己什麼時候有這種特殊能力了?

要是有這種特異功能，小時候住在「夜總會」附近的他早就因為看了不少好鄰居而練就一身好膽，也不會事到如今嚇成這樣……

搞不好當年選擇做天師還比成為驚悚小說作家來得好哩！

「也許就是你失蹤一年後回來增加的能力……先別說這個了，現在有個問題必須先處理。柳先生你知道了吧？我看不到你所說的那群『好兄弟』，但邵霓或蔣蔓蔓也很可能在裡頭的某一個陰暗角落……所以，待會進去後，我要如何瞄準那些人？」

殷宇在說話的時候先輕輕的將門掩起，雖然知道即將面臨的「對手」不是人，他還是認為最好小心為上，別讓它們聽到聲音。

至於被問話的柳阿一，臉色更加難看了，他確實得面對這樣棘手的麻煩，倘若殷宇看不見那又該怎麼辦？這下不僅僅是攻擊力下降，連帶防護力也降低啊！

努力思索掙扎了一番後，柳阿一給殷宇這樣的答覆——

「那只好我作為你的眼睛，告訴你哪裡有危險了。」

說完後嘆了一口氣，柳阿一從沒想過自己竟有遇上這種事的時候，天知道那些「人」會對他們做出什麼事……

天國的奶奶啊，妳可要保佑妳這孫子不能早死，他還欠了一家會吃人的出版社一屁股稿債，要是在這裡葛屁，可是會被抓出來鞭屍的！

「就這麼做。導盲犬快去開路吧！」

殷宇冷冷的推了柳阿一一把。

「導盲犬個頭啦你！小心我回頭咬死你！」

恨恨的低聲咒罵著，不過柳阿一也只得認命的推開門，走進他眼中那些充滿非人的區域……

柳阿一小心翼翼的走著，殷宇則緊隨在旁。

柳阿一這時候深深的覺得要是自己也看不到多好，每當他越接近那些青色飄忽不定的人影，心中的忐忑就越加劇。如果可以，他打算像這樣不被發現的悄悄溜過，讓那些「人」繼續背對著自己。

握著槍把的雙手微微顫抖，柳阿一也多少懷疑鹽彈對付它們是否真能有效，畢竟前次的蜘蛛還具有實體，而此次的對手可說是如煙般捉摸不定的形體。

柳阿一緊盯著那群「人」逐步深入，就在這時，他看見其中的一「人」不知為何緩緩的轉過頭來。在見到對方的臉後，柳阿一猛地倒抽口氣。

——這傢伙，不就是報紙上失蹤名單中的一人嗎！

但是這傢伙的……這傢伙的脖子呈現被挖空的狀態，看上去再恐怖不過，柳阿一被嚇得幾乎快當場軟腳。

柳阿一驚恐之際，被他盯住的「人」發出了低沉嘔啞聲音，在它身旁的同夥似乎聽到聲音而紛紛回頭、看往柳阿一的方向。這個時候柳阿一才驚覺它們全是失蹤的那群人，儘管死相不同，但每個人的脖子上都一致被挖空！

柳阿一還來不及思索這是怎麼回事，這群非人就朝他們的方向撲來！

「殷宇！快朝你的正前方開槍！」

話音伴隨著奪然而出的槍聲，柳阿一連忙扣下扳機，朝直撲上來的鬼魂發射鹽彈！

鹽彈確實打中了對方身軀，被射中的鬼魂也倒了下去，但柳阿一不認為這樣就能一勞永逸，因為倒地的鬼魂不像之前的蜘蛛一樣會流血，而是倒地以後身體抽搐，似乎過一會後又會重新爬起。

「數量有多少？」殷宇開了一槍後冷靜的問向柳阿一。

「近十人，而且鹽彈打不死它們，只會暫時造成它們類似受傷的感覺。我猜沒多久，

倒下的傢伙又會重新站起來攻擊我們。」柳阿一將自己所看到的種種據實以報，握在手裡的槍沒停下，一發接一發的射擊。

「那得速戰速決才行，我們必須快點找到邵霓和蔣蔓蔓。」

「不用你說我也知道……！」邊射擊邊往內快速移動的柳阿一，這時感覺腳尖踢到了什麼，他納悶的低頭一看，當場差點尖叫出聲。

他所熟悉的一張臉孔，他和殷宇所要找的其中一人——蔣蔓蔓渾身是血、頭頸分家倒在地上。

察覺到柳阿一異狀的殷宇跟著看過去，蔣蔓蔓慘不忍睹的死狀映入眼簾。

「果然還是遲了一步嗎……」

皺起眉頭的殷宇看著蔣蔓蔓屍體，語重心長的嘆了一口氣，心想既然蔣蔓蔓已遇害，邵霓的處境或許更加堪憂，但是他仍不放棄希望。他同樣認為身旁不停開槍擊退鬼魂的柳阿一，也沒有斷絕搜尋的念頭。

「邵霓……邵霓妳到底在哪裡啊！若妳還沒死就快出聲讓我們知道啊！」

見著蔣蔓蔓淒慘下場的柳阿一心底更急更火，又憂又傷，他不想放棄，但怕接下來所見到的答案也一樣，那他真不曉得自己為何冒險進入這裡了。

「柳先生，你冷靜點……」

「你要我怎麼冷靜！我看到一群鬼在追殺我，然後又在這種狀況下見到蔣蔓蔓的慘況，你要我怎麼和你一樣理智？很抱歉我只是個普通人，而不是訓練有素的刑警！」

柳阿一當下對殷宇大聲咆哮，只見殷宇沉默不答。

反觀柳阿一把話說出口後也覺得自己失言，正想說聲抱歉時，他隱約聽見有人在呼喊著自己。

「是邵霓嗎？邵霓小姐嗎？！」

柳阿一趕緊尋著聲音的方向跑去，殷宇則不放心的快速跟上。看不見鬼魂存在的他還是對空放槍，他認為這樣多少有驅走附近鬼魂的效果，一方面也能護住現在一古腦往前衝的柳阿一。

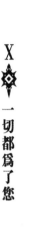

△▽　△▽　△▽　△▽　△▽

「柳、柳先生……？」

當柳阿一在一間小小的儲藏室中找到邵霓時，瑟縮蹲在地上的邵霓愣愣的抬眼看著他，聲音微弱卻透出她有多不敢置信自己見著了柳阿一。

「邵霓小姐……妳怎麼……」

好不容易找到邵霓的柳阿一卻同樣怔住，他看見自己要找的人額頭破皮流血、帶著明顯的瘀青，好像是經過用力撞擊的產物，脖子上也有顯而易見的紅色掐痕。

但最讓柳阿一困惑的是，邵霓的嘴巴周圍滿是鮮血，血漬均勻分布的情況看來不像是自己吐血而出，反倒更像是……

「對……對不起……對不起……我對蔓蔓……對蔓蔓她……嗚嗚！」

說著說著最後哽咽起來，邵霓用同樣沾滿鮮血的掌心摀蓋住自己的雙眼，痛哭失聲。

反觀聽到這句話的柳阿一，頓覺自己全身力氣一時都被抽空了，只要將方才所見到的蔣蔓蔓死相，和邵霓此時這雙滿是鮮血的手聯想在一塊就能知道——他柳阿一眼前這個所要救的人，就是殺害了蔣蔓蔓的凶手！

「為什麼……為什麼妳要這麼做？蔣蔓蔓小姐她……她可是比誰都還要來得在乎妳！她將妳視為自己的一切啊！」

柳阿一想到蔣蔓蔓不惜和記者吵起來，就只是為了保衛邵霓的名譽，以及蔣蔓蔓無論何時都在為邵霓設想擔憂的模樣，便覺得眼前的邵霓真是過分可憎，可恨到讓他又是難過又是心痛。

「我知道……蔓蔓對我的好我都知道……我也很後悔……但是為了我的執著……無論如何都想要站在舞臺上的念頭……我陷入了什麼都能視而不見的瘋狂……一個接著一個殺害了那些人，最後連蔓蔓也慘遭我的毒手……我是該死……我是！」

邵霓哭著將自己的罪行都供了出來，她為了一己之私變得喪心病狂，直到換來眼前差點被報復的鬼魂招死，幸而因為自己用力撞頭後才得以脫離控制的現況。

她真是再後悔不過，但一切也都無法挽救了。

「邵霓……」

因為邵霓的招供，柳阿一才得以明瞭勾魂冊所寫的那些文字內容——邵霓她實際上就是一個為了追求更好的歌聲、不願順從命運的可憐人，只是她犯下的過錯，也是永遠都不能抹滅的。

這時，守在儲藏室門口的殷宇傳來了聲音。

「柳先生，最好快帶邵霓離開這裡，雖然我看不見它們，但現在這裡有異狀，我看到有好幾塊磚頭懸空，要是等等磚頭朝我們飛過來，我一點也不意外。」

「……我知道了。邵霓小姐，我們快逃出這裡吧。」

柳阿一朝邵霓伸出手，試著要拉起跪在地上的她。然而邵霓卻不解的反問他：「為什麼你要救我？像我這種人……我可是殺人犯啊！殺了那麼多人的罪人啊！」

「邵霓小姐。」

柳阿一再次喚了對方名字，握著對方手掌的力道不但沒有鬆開，反而更用力握緊了。

「妳殺人的罪不是由我來判決，那種麻煩事就留給法官去傷腦筋。妳可別忘了，現在我還算是妳的情人，保護所愛的人是天經地義。」

用力拉起邵霓後，柳阿一對著邵霓微挑脣線，接著就轉過頭去和殷宇商量逃脫計畫。

邵霓知道自己在這種狀況下有這樣的反應很不恰當，可她確實在方才那瞬間，對著一個名叫柳阿一的男人怦然心動與動搖了。

她見柳阿一先衝出去開槍射敵，那一剎讓邵霓覺得這人帥氣得不得了、看上去相當可靠——她才這麼一認為，就見剛才射出的子彈根本偏斜掉了，沒有命中目標。柳阿一趕緊再補上第二發，原先要射擊的目標才應聲倒地。

「耍帥的下場就是這樣。」

殷宇從柳阿一顯而易見的失敗表情就知道事情真相了。

「少、少囉嗦！我又不是你有受過射擊訓練！」

「惱羞成怒了呢。」

在柳阿一反駁後，殷宇又補上一刀，讓柳阿一面色難堪、大為打擊的垂下頭和肩膀。

即便如此消沉的柳阿一，為了解決現況，他也努力的想法子對付。直到看見對面有個高起的地方、旁邊有透明的塑膠簾幕之處，猜想可能是以前放置什麼器材的區域，柳阿一忽然間靈光一閃，他決定以來自恐怖小說的「知識」賭上一把！

於是，他湊近殷宇身邊耳語幾句。

殷宇聽聞後則眉頭一挑，不確定的問：「這可行嗎？」

「死馬當活馬醫，試試看了。」

柳阿一也不敢把話說得太肯定，但對於眼前的狀況，總比被不斷起死回生的鬼魂勾勾纏來得好吧？試著去做說不定還有逃生的可能。

「殷宇，就交給你去做了。」

「那你和邵霓也當心點，快被鬼抓到的時候想想方編輯的臉，你就不會害怕了。」

「……你這個以毒攻毒的好方法我就收下了。」

柳阿一向殷宇投去一個眼刀。

隨後，他趕緊回過頭拉起邵霓的手，道：「邵霓小姐，接下來的行動請妳配合我，請相信我絕對不會讓妳受到傷害。」

雖然無法完全安心下來，邵霓多少還是被柳阿一的堅定口吻打動，況且在這種狀況下她也只能信任對方了。

她顫抖著聲音回道：「我、我知道了……無論你想做什麼，我都願意配合。」

「很好，謝謝妳邵霓小姐，謝謝妳願意相信我。那麼事不宜遲，我們快點行動吧！」

話音一落，柳阿一握緊邵霓冰冷的手掌心，並用篤定的眼神看了殷宇一眼後，就面朝那些被鹽彈打倒卻再度爬起來的鬼魂群。

「抓緊我的手了，邵霓小姐！」

柳阿一大聲高喊，孤注一擲的他反而鼓起了所有勇氣，拉著邵霓便直直的衝向鬼群，那些想殺害邵霓的鬼魂立刻對他們倆窮追不捨，所有的注意力都集中到他們身上。

「來啊！有本事就來殺我啊！」

柳阿一對鬼群大聲怒吼著，握在另一手中的手槍扳機不停的扣下，只要鬼魂一靠近，他就毫不猶豫的射擊。此刻的他顯然殺紅了眼而渾然不知，不自覺的散發出平時難以想像的強悍氣勢。

每當鹽彈擊中一個目標，被命中的鬼魂就發出淒厲哀號、應聲倒下。但是，團團包圍柳阿一和邵霓的敵人們即便倒下一個，仍有另一個立刻補上，讓柳阿一根本沒有喘氣休息的空檔。

至於獨自一人的殷宇，由於沒被鬼群注意，已悄然快速的繞道跑到對面高起的區域。他照著柳阿一的計畫行事，一方面警覺的左右查看，一方面手腳俐落的將事情辦好，接著抬起頭來，對著和鬼魂纏鬥的柳阿一做了手勢暗號。

收到暗號的柳阿一趕緊對著邵霓道：「邵霓小姐，現在請與我全力衝刺到對面那個高

起的地方。準備好了嗎？」

「準、準備好了！」邵霓猛點著頭，儘管慌張，但她為了保命什麼都做得到。

「很好，現在馬上跑起來吧！邵霓小姐妳只要負責全力跑就行了，我會掩護妳到最後！」

柳阿一說完，立刻與邵霓用最快速度往前直奔。

在這說長不長、說短不短的途中，他不斷開槍瞄準想傷害邵霓的鬼魂，哪怕鹽彈隨時可能用盡，他仍不顧後果的扣下扳機。

一路如此驚險的跑到殷宇所待的地方，眼看後頭的鬼魂也都追了上來，柳阿一拉著邵霓跳到高起的區塊上，眼睜睜的看著張牙舞爪的鬼魂衝殺過來！

「殷宇，就是現在！」

柳阿一大聲一喊，就在所有的鬼魂都追到柳阿一所站之處時，在下頭的殷宇趕緊拉起透明簾幕，同時柳阿一在簾幕完全闔上前拉著邵霓衝出、縱身一跳，離開這時已完全合上簾幕的區域。

只見鬼魂們全被關在簾幕之中、無法闖出，各個都發出憤怒的嘶吼或叫聲。將這一幕看在眼底的柳阿一和殷字相識一笑——他們知道自己下對了賭注！

「這……這是怎麼回事？」唯有邵霓不解的看著那群困在裡頭出不來的鬼魂，納悶的問著。

「那是因為我讓殷宇將鹽彈取出來，沾點工廠排水溝的水混合……呃……是有點髒啦，但保命最重要！然後將鹽水抹在那些簾幕上，如此一來，進到簾幕裡頭的鬼魂就無法脫身。」

「可是，你怎會知道鬼魂會畏懼鹽巴？」邵霓聽了柳阿一的解釋後仍不明白。

柳阿一則害臊的拍了拍後腦勺，尷尬的笑答：「嘛……驚悚小說寫多了，於是想試試看鹽巴是否真能有避邪的效果，看來是真的了。」

柳阿一回答之後，邵霓才半信半疑的點了點頭，因為目前為止發生的這一切仍如噩夢、幾乎無法置信，但現在對她來說都不重要了，自己脫離了被追殺的危險，才是得來不易的事實。

「謝謝你……柳先生……我真不知該怎麼謝你們才好……」

邵霓哽咽的道謝，淚珠又再次止不住的滾落下來，要不是因為有這兩人對她伸出援

手，後果根本是她無法設想的可怕。

「邵霓小姐……」

柳阿一正想走上前給予對方一個擁抱，一旁的殷宇就挑在這時候連續咳嗽。

「柳先生，你想談情說愛我沒意見，但我可不保證，被關在裡頭的鬼魂等等會不會突圍而出，所以勸你還是快帶著邵霓上車離開此處吧。」

殷宇推了推略微下滑的眼鏡後，對著滿臉怨念的柳阿一脣線微揚。

尾聲

貪婪的靈魂

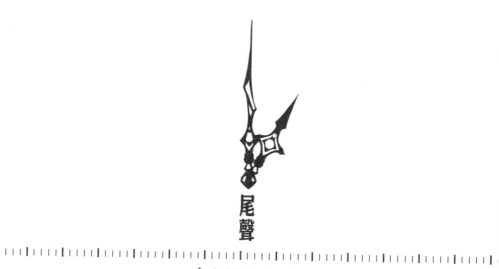

作家寫稿的地方不外乎咖啡廳、家中，或馬上——別懷疑，這裡指的就是蹲馬桶的時候。

作為一名全職作家的柳阿一亦是，不過他是無處不被盯，就連身在廁所裡都沒有隱私權，他的助理編輯總是會站在門外把風，免得拖稿出名又愛耍小聰明的小說家開溜。

他媽的真是受夠了……

從洗手間走出的柳阿一擺著臭臉。

這個殷宇比起他原本的責任編輯還要來得緊迫盯人，現在這討人厭的傢伙正和方世傑通電話，說什麼下一集的截稿日出來了……真是要命，他柳阿一還沒有那個心情去構思新劇情啊！

原因為何？

那還用他說嗎？

他感覺煩躁、鬱悶、難過，狀態不佳是要如何寫出好故事？

什麼？又問他為何會低落成這樣？

人在失戀的時候怎麼可能會有好心情？他親愛的女朋友邵霓被關進大牢了，還被判無期徒刑……雖然知道她做了什麼事後就已經明白會有這天到來，但即使如此，他仍會感到不捨和悲傷啊！

「就說你完全沒有寫言情小說的命，柳先生。」殷宇將手機收回西裝口袋後，面無表情的推了推眼鏡。

「你很吵耶！不要在這種時候打擊失戀少男的心啦！」恨恨的瞪了對方一眼，柳阿一最討厭這傢伙面不改色的冷冷嘲諷。

「那麼，講點別的讓你轉移注意力好了。你還記得那個記者谷言成的命案吧？」

「當然記得。怎麼，破案了嗎？」

柳阿一抬起眼來看向殷宇，殷宇則點了點頭，答：「我剛收到孫警官的簡訊，就在今天剛破案，不過凶手卻有點出乎意外。」

「難道不是邵霓做的？」柳阿一有些驚訝的眨眨眼。

「不，不是她，但嫌犯也與她脫離不了關係——是蔣蔓蔓。」

殷宇公告答案的同時，柳阿一露出震驚的表情、難以置信到啞口無言的程度。

反觀殷宇，則老神在在的繼續道：「蔣蔓蔓得知谷言成手中握有對邵霓不利的證據，因此她尾隨谷言成，潛入他家中將之殺害，並拿走所有谷言成工作的器材設備。然而兩人似乎發生過扭打，因此在谷言成的指甲裡採集到了蔣蔓蔓的皮屑，並在現場找到蔣蔓蔓掉在地上的頭髮。」

「真、真沒想到居然是蔣蔓蔓下的手……像她這麼可愛甜美的女孩，竟然會做出這種事……」

柳阿一尚未完全從震懾的真相中清醒，講起話來仍有些結巴，但是在他面前的殷宇則搖了搖頭。

「關於蔣蔓蔓，另有一件事你也該知道……這已不是她第一次犯案，早在她十七歲時，為了爭取成為邵霓唯一弟子的機會，她將當時另一名候選者殺害滅口。這起命案當時因為找不到任何證據而成為懸案，蔣蔓蔓也因無法被定罪而被釋放。」

殷宇話音落下，柳阿一的臉色已變得更加錯愕，但殷宇似乎還有話要說。

「由此可見蔣蔓蔓對邵霓的執著，為了保護邵霓，又或者不願讓邵霓失去讓她所迷戀的光采，才不擇手段的做了那些事吧。」

語重心長，殷宇的字字句句都聽進柳阿一心中。

對柳阿一來說，他大概能夠了解蔣蔓蔓的心態，因為他在寫作路上也曾有過啟蒙老師，他知道那種危險性——追隨在後的時候，眼底就只有老師散發出來的光輝，要是拿捏不準就會因此陷入迷狂。

為了守住支撐自己一路走來的光，蔣蔓蔓才會做出如此不理智的事吧？

截至目前為止，幾乎所有的疑惑都解開了，凶手服刑，就連陳年的舊案也都得以找到真相，但仍有一點讓柳阿一不解。

柳阿一走到自己的書桌前，拿出收在抽屜裡的勾魂冊，青綠色的舊書皮不管看幾次都覺得很不祥，斗大的勾魂冊三字也更讓人不安，但柳阿一對其中一頁——在邵霓一事塵埃落定後又一次新增的內文，感到納悶。

「喂，殷宇，勾魂冊這裡寫的『故事尚未結束，我等將回收約定的代價』……又是什麼意思啊？邵霓不都已入監，蔣蔓蔓也已死，難道還有什麼事情會發生嗎？」

柳阿一指了指泛黃的勾魂冊內頁，他為此糾結了好一陣子。

熄燈前，一名獄警剛巡視完每個牢房，最後走道上的燈光一個接著一個暗下，就像骨牌效應一樣充滿節奏。

作為其中一間牢房的使用者，邵霓也打算回到她冷冰冰又硬邦邦的床鋪上，能夠早點睡著就儘快入眠吧——最好就這麼一覺不醒，早已習慣過上舒適日子的她根本不能適應這種監獄生活。

她將身體打直平躺在床上，正要閉上雙眼，忽然感覺有什麼東西來到自己附近，她轉頭一看，赫然見到兩道身影就站在自己眼前。

是之前擅闖她家、拿給她蓋有蝴蝶郵戳信封的那兩人。

邵霓驚訝得說不出話來，心想著這兩人是如何冒出來的？找上門來又打算做什麼？邵霓不由自主的害怕起來。

「好久不見了，我所眷顧的靈魂。」

其中一位站得較靠近邵霓的男子，輕聲的對著邵霓打了聲招呼。

但再怎麼低聲細語，女子監獄裡出現男人的聲音難道沒人察覺嗎？

邵霓慌張的看著鐵欄之外，但就算是對面牢房的人似乎也沒發現不對勁，她這下更不知所措了。

「走開……走開、不要過來！」

邵霓直覺認為出現在她面前的一男一女相當危險，她環住自己的肩膀，顫抖的內縮身子到牆角。

「真是可憐啊，我所眷顧的靈魂，聽聽妳現在的嗓音已變得如牲畜般難聽……沙啞又低沉，破爛又無力，誰也沒想過這曾是一副可以唱出天籟之音的嗓子。」

留有一頭黑色長髮、面無血色的俊美男子搖了搖頭，但他脣線微挑，任誰都看得出他那輕蔑嘲諷的表情。

邵霓則因他這麼一說，面露難過的垂下眼簾，不敢直視對方。

「誰叫妳沒有繼續遵守規則，要是妳持之以恆下去就不會失去美妙的歌聲了……還記得我在信裡提過，妳必須持續補充人類的聲帶吧？我不管妳是否服監或在外，沒有繼續食用就是打破了我們說好的遊戲規則。」

黑髮男子一指勾起邵霓的下巴，冷冰的指溫讓邵霓渾身一顫。

「這等於是妳破壞了我們之間的契約，我可憐的靈魂。」

男子輕輕的刷了一下纖長睫毛，極度溫柔的口吻反而更令人膽戰心驚、難以捉摸他真正的企圖。

「契、契約？什麼契約？」

邵霓不記得自己有答應過對方什麼契約，她只知道自己得照信中的指示去取得人類的聲帶才能保有她美好的嗓音，壓根就不知道還有什麼契約關係。

「噢，我差點忘了，這份契約不是由妳所簽下的，而是妳親手殺死的愛徒，主動找上我而簽了這份契約。」

黑髮男子從神父袍中取出一張像是同意書的文件，亮在睜大雙眼的邵霓面前。

「妳難道還沒想起來嗎？妳最早服用的『試用品』，就是蔣蔓蔓所送妳的，她在一個陰雨綿綿的日子裡，來到我所居住的地方達成了一樁交易，讓我意外的是，她所求不是為自己……而是要讓她敬愛的老師重拾美好歌聲。」

男子的一字一句都傳進了邵霓耳中、心中，她頓覺整個胸口都被浮現於腦海的蔣蔓蔓容貌刺得無比疼痛。

「契約裡提到，若是破壞我所制定的規則就得付出代價，但妳的愛徒已死……因此只能由妳代替了。」

對方話音落下，抬起邵霓下巴的指尖順滑而下，來到邵霓長年配戴項鍊的地方，然後冷不防的用力取下。

「不！不要！求求你不要傷害我……！」

最脆弱也最害怕被人發現的地方頓失遮掩、露出了以前手術後留下的傷疤，邵霓驚恐的出聲求饒，可對方冷酷的眼神顯然要抹滅她最後的希望。

男人將項鍊扔在地上，邵霓的求救聲似乎都傳不到他人耳中，她所身處的地方彷彿與世隔絕，就連她自己的存在都要被抹殺一樣。

奪走項鍊之人無視哭到啞然的邵霓，毫無預警的，用指尖割開邵霓的舊疤，瞬間一道溫熱的鮮血急湧噴出。

一臉痛苦的邵霓只能仰著脖子，全身抽搐，對即將死亡的自己無能為力，瞪大的眼珠子中充滿了複雜的悔恨。

當她再也無法動彈、噴出的鮮血也流盡時，一隻色彩斑斕的美麗蝴蝶從她被切開的傷口中翩然飛出，只是還享受不到多久的自由，就被男子後方的女子一把抓住，關進她不知何時拿出的鐵籠之中。

「追求絕美音色的貪婪靈魂……我確實收下了。」以玩賞的眼神看著籠中的蝴蝶，黑髮男子低聲道。

在他的身影消失之前，他又看了看倒在床上的邵霓，以及那已被血水浸濕的白色床巾，若有所思。

「主人，您在想些什麼？」身穿修女服的女子輕聲問。

「有人能不被我所賜予的嗓音所迷惑……嗎？」

男子的脣線微揚。

《勾魂筆記本02此曲只應地獄有》完

番外

病毒

「哈啾！」

一聲響涕，乍現在方世傑的家中。

方世傑揉了揉鼻子，將飽滿好看的鼻頭揉得通紅，接下來不當一回事般繼續坐在電腦前看稿子。

「這裡，又給我出現邏輯不對的問題，這個柳阿一有必要叫來好好訓話一頓……哈、哈、哈啾！」

還沒罵完遠在天邊的旗下作家，方世傑又打了個噴嚏。

真是太奇怪了。

明明對方才是說人壞話的那一個，為何是自己連打噴嚏？難道說同一時間某個人——很可能是名叫柳阿一的那傢伙也在說自己壞話？

「一定是這樣！那蠢蛋淨是出一張嘴，把錯都歸到別人身上，卻不認真好好的給我趕稿……哈啾！哈啾！」

這一次話依然沒說完，方世傑又連打幾個噴嚏，心裡頓生怒火，先肯定了柳阿一絕對正在說他壞話之後，便一不做、二不休拿起電話直撥對方的號碼。

「嘟嘟嘟……」

鈴聲響了許久，方世傑不耐煩的咒罵了一聲「該死！」，結果當下電話卻接通了。

「那個……您是專門打來罵我該死的嗎？我記得不是才剛交稿給您而已……？」

電話那頭的柳阿一馬上就認出是自家編輯的聲音，拜託，催稿的魔鬼音色他怎會認不出來呢！只是他很疑惑啊，不是都好好的難得準時交稿了，為何電話一接通就聽到劈頭罵自己該死的話？

「柳阿一，你說，你剛剛是不是在說我的壞話？」不管柳阿一在講什麼，方世傑開門見山挑明的問。

「哈啊？我幹嘛講阿大的壞話啊？我正一個人看電影看得高興，好端端的為什麼要這樣做啊？」柳阿一更是不解了，他心想今天的阿大是不是吃錯藥呀？

「沒說我壞話？這怎麼可能，沒說的話我怎會一直打噴嚏……哈啾！」

方世傑幾乎是每講一句話就有打一次噴嚏的風險。

「我說阿大，你那個不叫有人說你壞話，應該只是純粹感冒而已吧？」

「感冒？我這人少有感冒，這才不可能是感冒！」

方世傑激動的反駁，他向來鐵打的身子怎會感冒，別說笑了！

「阿大，你這種反應就和小孩子不想打針的說法一樣耶……」

「囉嗦，就說不是感、感冒——」

方世傑話音未落，緊接下來取代而之的是一長串的噴嚏聲，就連電話另一端的柳阿一都快聽不下去了。

「阿大你聽我說……」嘆了一口氣，柳阿一無奈之下，只得嚴肅的對著自家編輯說道：「你那就是感冒。」

△▽　△▽　△▽　　

一大清早，柳阿一便急急忙忙的收拾東西，準備衝出家門，因為他十分鐘前才接到自家編輯的電話……噢，別誤會，不是催稿、也不是要宰了柳阿一，而是比起上述兩樣更讓柳阿一驚訝的事。

「我發燒了——但今天大姐的孩子卻偏偏要讓我帶上一天，要是我有什麼三長兩短，你就先幫我將孩子帶走。」

方世傑在電話裡說的話，言猶在耳。

「真是的，什麼叫有什麼三長兩短……不過是發個燒……這傢伙不知道去診所打個針就好了嗎！」

柳阿一上了自己停在地下停車場的車後，油門一踩，一邊抱怨。

雖然方世傑那傢伙平常的工作能力強歸強，基本的生活技能也看似沒什麼問題，還比他會做家事，但就某些層面上來講，阿大其實也有生活白痴的一面。

聽到阿大說的那些話，正常人哪能放得下心啊！

一路飆車來到方世傑的住所後，柳阿一以一個俐落的甩尾將車停好，無視在旁路人對他豎起拇指的反應，就匆匆忙忙跑到自家編輯的家門前。

門鈴聲連響，久久未有人回應，讓門外的柳阿一更急得大喊：「喂！阿大！開門啊！是我……！」

話還未完，門扉應聲開啟，柳阿一當下只見病容憔悴的方世傑出現在自己面前，視線下移，有一個小女娃正抓著方世傑的褲管。

「……你來幹嘛？」

「你還問？當然是聽到你那要死不活的電話後就趕來看你了啊！這孩子就是你姐的？」

「是又如何……好了你快回去寫稿……」

看著一副虛弱無力、臉色蒼白，卻又不忘記嘮叨他的方世傑，柳阿一真是又急又氣，心想這人都病成這樣了，這骨子裡的「責任感」還硬撐著啊！

「我怎麼可能放這樣的你不管還回去寫稿！你當我很樂意來這趟嗎！」

眼見方世傑要將門關上，柳阿一趕緊一腳抵住、不讓對方闔上門。

「少囉嗦……哈啾！」

大大的噴嚏打得方世傑身體一顫，這下柳阿一顧不得禮節就直接闖入、關上門後再一手按住方世傑的額頭。

「喂，阿大，你的額頭好燙，果真發燒了啊！」

「發燒……？哼……別開玩笑了……我怎會被感冒病毒折騰到這種地步……」

方世傑一邊說著，一邊身體都在不自覺的搖搖晃晃，柳阿一怕對方跌倒，馬上先一手撐住對方。

「別嘴硬了，病人就該給我先到床上躺好乖乖休息！」

柳阿一穩住方世傑後，另一手環繞過方世傑的肩膀、將他扣住後，準備攙扶方世傑回到臥房。就在這時，打從柳阿一進門後都沒開口說話的女娃，改成拉住柳阿一的褲管。

「……馬麻，我要喝ㄋㄟㄋㄟ。」

「哈啊？等、等等為什麼我是媽媽啊？還有拜託妳這種時候別吵著喝奶好嗎？我又不是母牛……」

顯然受到衝擊的柳阿一臉色又變，他真不知道這女娃是怎麼辨別媽媽的啊！

「……ㄋㄟㄋㄟ。」

女娃繼續抓著柳阿一的褲管不放，柳阿一雖心煩，卻不能一腳把她踢開，那麼做就是比畜生還不如了。

「切……知道了啦，我先處理好這傢伙再弄牛奶給妳喝。」實在拗不過女娃要求的柳阿一，最後只好無奈且沒好氣的妥協。

「嗯！」女娃一副天真無邪的模樣點了頭後，終於放開抓緊柳阿一褲管的手。

「真是可怕的小鬼……果然人家都說小孩是惡魔……」

柳阿一嘆了口氣，便繼續轉頭將昏沉的方世傑帶回房間，將自家編輯打理好後，柳阿一要去找些熱毛巾和冰枕來替方世傑退燒。

結果這個時候，躺在床上的方世傑又喃喃道：「不用……你照顧我……快給我……回去趕稿……」

看方世傑還不願接受自己的照顧，柳阿一便雙手扠腰、咧著嘴，看上去似乎頗有惡意的笑道：「才不要，難得可以看見阿大虛弱生病的模樣……啊不，我是說，你就認命好好的當個病人讓我照顧吧。」

柳阿一回完話後，方世傑便再也沒有回應，看來是已經沉沉的昏睡過去。

時間不知過了多久，正埋頭做照顧者兼保母（？）工作的柳阿一，忽地聽到屋子大門門鎖被打開的聲音。

「世傑，抱歉抱歉，我今天的工作臨時取消了，可以帶小鈴回去……哎呀？」

方大姐進屋準備將女兒帶走時，撞見了驚人的一幕。

「……你在對我女兒做什麼？」

方大姐的聲音中，有著越來越難以壓抑的怒氣。

「我、我在餵她喝奶……嗚哇！」

柳阿一來不及把話說完，就被對方狠狠的用皮包砸了又砸，還聽見女人這般大罵——

「你這變態！居然敢對我這麼小的女兒犯罪？你想用你骯髒的手對我女兒做什麼！」

「等、等一下啊！我、我只是因為剛泡好的牛奶不小心潑了她一身，才想為她脫個外衣擦乾淨而已……」

「變態！還敢說要脫我女兒的衣服？我要報警、報警處理！」

作為人母的這位太太顯然失控了。

至於柳阿一最後究竟有沒有被警察伯伯逮捕，方世傑的感冒有沒有因為柳阿一的照顧而好轉……就又是另外一則後話了。

番外《病毒》完

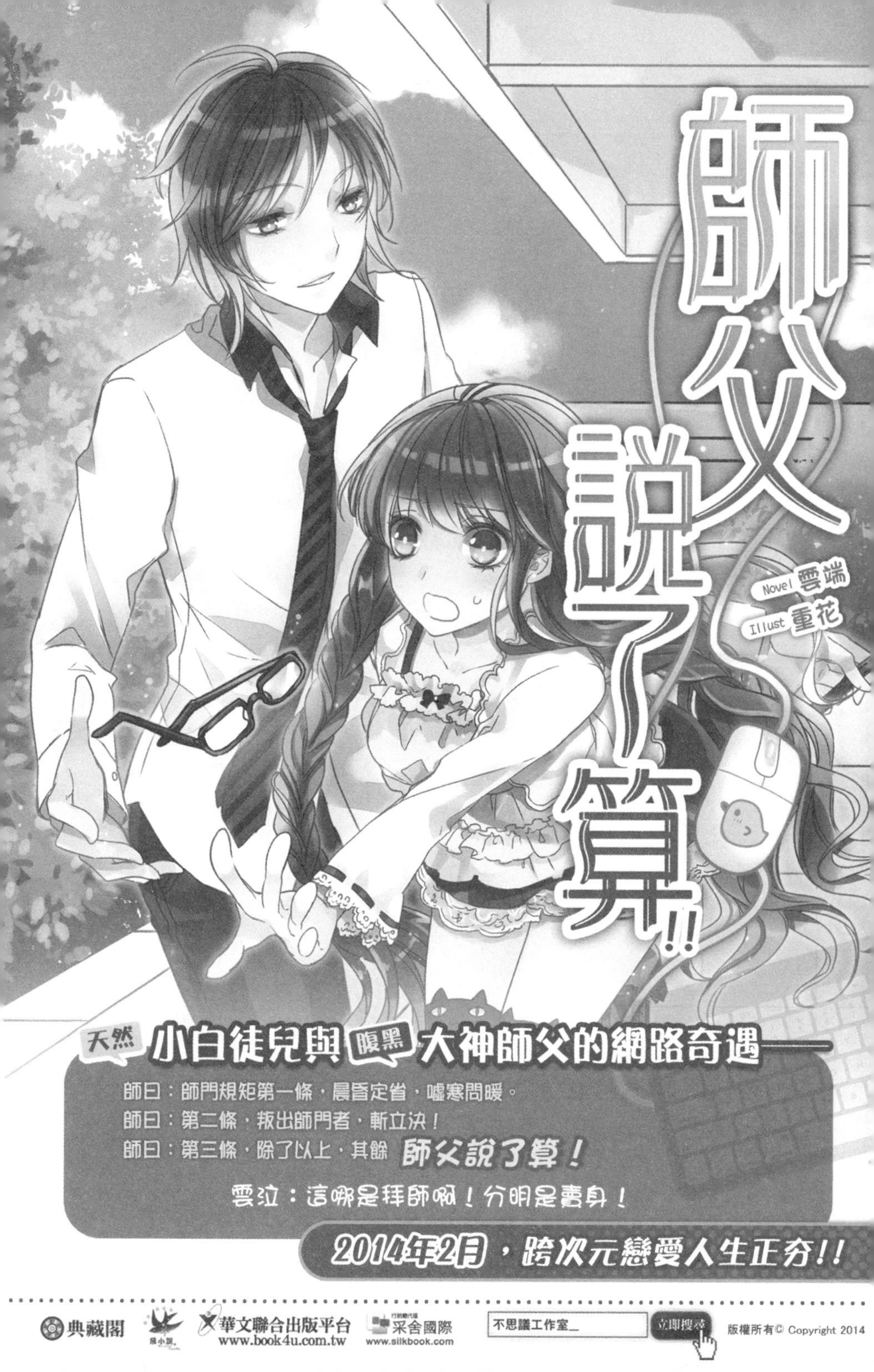

不思議特報
《現代魔法師》套書好禮相送

姐夫，我會陪著你面對一切，
姐姐她們做得到的事情，我也可以……
就算要與全世界為敵，我也會跟著你走到最後！

吐槽系作者 **佐維**＋知名插畫家 **Riv**

正港A臺灣民間魔法師故事

《現代魔法師》驚爆登場！

活動辦法

凡在安利美特animate購買
《現代魔法師》全套八集，
在2014年6月10日前（以郵戳為憑）
寄回【全套八集】的書後回函，
以及附上安利美特購書發票影本、
或是於回函上加蓋安利美特店章，
就能獲得知名插畫家Riv繪製的
「現代魔法師超萌毛巾」一條，
準備與泳裝萌妹子一起清涼一夏吧！

備註：
1.可以等收集完八集的回函與發票或店章後，
再於2014年6月10日前寄回。
2.主辦單位有權更改活動規則。

典藏閣　采舍國際 www.silkbook.com　華文聯合出版平台 www.book4u.com.tw

不思議工作室_　立即搜尋

飛小說系列091

勾魂筆記本02

此曲只應地獄有

出版者■典藏閣
作　者■帝柳　繪　者■GUNNI
總編輯■歐綾纖
製作團隊■不思議工作室
郵撥帳號■50017206采舍國際有限公司（郵撥購買，請另付一成郵資）
台灣出版中心■新北市中和區中山路2段366巷10號10樓
電　話■(02)2248-7896　傳　真■(02)2248-7758
物流中心■新北市中和區中山路2段366巷10號3樓
電　話■(02)8245-8786　傳　真■(02)8245-8718
ISBN■978-986-271-473-7
出版日期■2014年3月

全球華文國際市場總代理／采舍國際
地　址■新北市中和區中山路2段366巷10號3樓
電　話■(02)8245-8786　傳　真■(02)8245-8718

新絲路網路書店
地　址■新北市中和區中山路2段366巷10號10樓
網　址■www.silkbook.com
電　話■(02)8245-9896
傳　真■(02)8245-8819

☞**您在什麼地方購買本書？**☜

1. 便利商店（ ________市／縣）：☐7-11 ☐全家 ☐萊爾富 ☐其他________

2. 網路書店：☐新絲路 ☐博客來 ☐金石堂 ☐其他________

3. 書店（ ________市／縣）：☐金石堂 ☐誠品 ☐安利美特animate ☐其他________

姓名：________地址：________

聯絡電話：________ 電子郵箱：________

您的性別：☐男 ☐女 您的生日：西元________年________月________日

（請務必填妥基本資料，以利贈品寄送）

您的職業：☐上班族 ☐學生 ☐服務業 ☐軍警公教 ☐資訊業 ☐娛樂相關產業
☐自由業 ☐其他________

您的學歷：☐高中（含高中以下） ☐專科、大學 ☐研究所以上

☞**購買前**☜

您從何處得知本書：☐逛書店 ☐網路廣告（網站：________） ☐親友介紹
（可複選） ☐出版書訊 ☐銷售人員推薦 ☐其他________

本書吸引您的原因：☐書名很好 ☐封面精美 ☐書腰文字 ☐封底文字 ☐欣賞作家
（可複選） ☐喜歡畫家 ☐價格合理 ☐題材有趣 ☐廣告印象深刻
☐其他________

☞**購買後**☜

您滿意的部份：☐書名 ☐封面 ☐故事內容 ☐版面編排 ☐價格 ☐贈品
（可複選） ☐其他

不滿意的部份：☐書名 ☐封面 ☐故事內容 ☐版面編排 ☐價格 ☐贈品
（可複選） ☐其他

您對本書以及典藏閣的建議________

____

____

✌未來您是否願意收到相關書訊？☐是 ☐否

✎**感謝您寶貴的意見**✎

印刷品

$3.5
請貼
3.5元
郵票

235 新北市中和區中山路二段366巷10號10樓

華文網出版集團　收

（典藏閣－不思議工作室）

此曲只應地獄有——

Novel✎帝柳　Illust✎GUNNI

勾魂筆記本

✎If you choose to forget it,
you would remember it someday.
Listen! It's the stroke of 02:00.